PORTRAIT D'APRÈS BLESSURE

DU MÊME AUTEUR
CHEZ LE MÊME ÉDITEUR

Eux sur la photo, roman, Arléa-Poche n° 201, 2013.
Prix René-Fallet, 2012.
Coup de cœur des lycéens de Monaco, 2012.
Prix du Premier Roman de l'Université d'Artois, 2012.
Prix de l'Office Central des Bibliothèques, 2012.

La Part du feu, roman, « 1er mille », 2013.
Prix littéraire des lycéens d'Île-de-France, 2014.

Portrait d'après blessure, roman, « 1er mille », 2014.
Prix Culture et Bibliothèques pour tous, 2015.
Prix Erckmann-Chatrian, 2015.

L'Odeur de la forêt, roman, « 1er mille », 2016.

Hélène Gestern

PORTRAIT D'APRÈS BLESSURE

arléa
16, rue de l'Odéon, 75006 Paris
www.arlea.fr

Collection "Arléa-Poche"
– N° 232 –

Ce livre a été écrit entre septembre 2012 et juillet 2013.

www.helene-gestern.net

Avril 2017
EAN 9782363081339

Une photo n'est pas un parpaing avec lequel on puisse construire n'importe quoi. Je me sens entièrement responsable de l'utilisation de mes images.

Willy Ronis, *Ce jour-là*

Soustraction

19 septembre, 12 h 37

Je me souviens de mon corps qui lutte. Du contact d'un obstacle, de l'impossibilité de continuer, des muscles qui tirent, qui tirent, de l'escalier et de l'odeur, encore, qui infectait l'air tout autour de la bouche du métro. Un pompier se tient devant moi, mais je ne comprends pas ce qu'il me dit. Je sens la pression d'autres mains, d'autres bras, on essaye de me l'arracher et je résiste ; jusqu'à ce que le sens de la phrase de l'homme botté et casqué me parvienne enfin : « C'est bon, monsieur, lâchez-la, on s'en occupe maintenant. » Alors seulement j'obtempère. En une fraction de seconde, je vois disparaître les bras, puis les jambes d'Héloïse de mon champ de vision. Juste le temps de remarquer que le haut de son corps, dont mes bras sont désormais orphelins, fait un angle curieux à hauteur de la clavicule. Je tombe à genoux sur le trottoir, au milieu de la cohue, de la confusion, des civières : comme un appareil débranché, mon corps a cessé de m'obéir.

À mon tour, je suis soulevé aux aisselles par deux hommes qui me conduisent jusqu'à une terrasse de café où s'affairent des sauveteurs. C'est le regard de ces derniers qui m'alerte sur une anomalie dans mon apparence : je me rends compte que tout mon visage me cuit comme s'il avait été passé au papier de verre. Avant qu'un pompier ait pu m'en empêcher, je porte la main à ma tête et la ramène poisseuse, pleine de sang coagulé et de divers débris dont je ne veux même pas connaître la nature. Se peut-il qu'en plus je pleure ?

Deux personnes me sanglent sur une civière, m'emprisonnent la nuque dans un collier cervical. Elles me posent une série de questions sur la date du jour, le nom du président de la République. Le bruit de leurs voix est assourdi, comme s'il m'arrivait de très loin. J'ai mal à la tête et je respire avec peine. On me répète de rester calme et l'on me conduit vers une ambulance, où un jeune médecin ceint mon bras d'un tensiomètre ; l'ambulancier parle fort dans une radio qui crache, pendant que le véhicule démarre à toute allure.

Mon ventre demeure contracté par la peur, mais une partie de mon cerveau, lucide, calcule qu'Héloïse et moi aurons été évacués à peu près à la même heure, qu'avec un peu de chance nous serons dans le même hôpital. Je pense aussi que je ne dois pas m'évanouir et comprendre où l'on m'emmène, malgré ce sentiment étrange que mon corps flotte en apesanteur, sans quoi je perdrai sa trace. Mais mes poumons sont deux brasiers, et le masque à oxygène qu'on me pose sur le visage me coupe la parole. Autour de moi, les médecins continuent à surveiller les appareils, et j'entends une bouillie de mots, « saturation en baisse », « lésions au cuir chevelu », « restez avec nous, monsieur ». L'envie de fermer les yeux, bien que mes paupières soient gênées dans leur mouvement par quelque chose de gluant qui les a desséchées, est irrésistible.

Quand je les rouvre, je suis dans un hôpital, et tous les muscles me font mal. Je porte encore le masque à oxygène, et chaque respiration enflamme mes bronches. Un regard sur le côté me permet d'apercevoir trois ou quatre brancards similaires au mien. Le visage d'un infirmier se matérialise soudain dans mon champ de vision. Il me dit qu'on va s'occuper de moi, me demande si j'ai mal. En fait, c'est surtout la soif qui me tourmente à cette heure. Un verre d'eau, voilà ce qu'il me faudrait, un grand verre d'eau pour laver ma bouche de son goût de suie. Je ferme les yeux en guise d'acquiescement et il me promet de revenir vite.

En l'attendant, je m'astreins à ne pas bouger, à contrôler les battements de mon cœur, à raisonner la peur qui s'insinue partout et glace le corps, au milieu des appels, de la sonnerie obsédante du téléphone, de l'entrechoquement des brancards et des consignes lancées de partout. Au prochain passage de l'infirmier, je lui demanderai où elle est, comment elle va. Je dois perdre conscience à nouveau, ou m'endormir, malgré le brouhaha ; mais un nom m'extrait de ma torpeur. Il est prononcé, ou plutôt presque crié, par une voix que l'angoisse rend suraiguë, du côté de l'accueil. « Vous m'avez prévenu. Ma femme est ici. Héloïse. Héloïse Trevisan. »

Je tourne la tête tant bien que mal. L'homme debout devant le guichet est petit, brun, assez fluet, avec un visage délicat, des traits féminins. Son jean, ses tennis et son blouson de toile lui donnent une allure d'étudiant. Même la main crispée sur son téléphone portable et le pli d'inquiétude qui barre son front ne peuvent corriger cet air juvénile. Une pensée incongrue, imbécile, s'impose alors à moi : ce n'est pas ainsi que j'imaginais Yves.

24 septembre

Le sommeil bruyant de ma voisine est un moindre mal après une journée entière passée à supporter le hurlement de sa télévision. Ma voisine s'appelle Lucette et devrait m'être sympathique dans sa vulnérabilité de vieille dame à demi sourde, choquée par un accident de voiture. Je me contente de la haïr, jour après jour, elle qui m'inflige les programmes de sa chaîne préférée, entre *novelas* brésiliennes remplies d'actrices liftées et télé-réalités sordides, où la mesquinerie fleurit en grappes et en corolles.

Je touche précautionneusement, de ma main valide, l'épais bandage qui comprime mes côtes. Un des médecins m'a dit hier que j'avais eu beaucoup de chance. À cet instant, j'en douterais presque, même si je sais qu'au fond il a raison. Mes blessures sont plus spectaculaires que graves : parce que, ai-je compris, les sièges qui m'ont cassé le bras et les côtes m'ont aussi protégée des éclats qui volaient en tous sens.

Grâce aux informations que le téléviseur déverse à plein volume dans la chambre deux fois par jour, je n'ignore plus que l'on décompte désormais trois morts et dix-sept blessés, dont huit graves ; encore est-il sous-entendu que la ligne qui départage ces deux nombres n'a pas terminé sa funeste migration. Je ne regrette pas les quatre-vingt-seize heures passées en réanimation, dont quarante-huit dans le brouillard, parce qu'elles m'auront au moins permis d'échapper aux premiers épisodes de mon propre feuilleton.

Le pire, c'est le journal télé. D'ordinaire, je regardais celui du soir comme tout un chacun, déjà blasée par ce défilement accéléré des images du monde comme il va, avec ses guerres, ses inondations, ses meurtres, ses désastres. Valse des prévenus arrivant au tribunal, des acteurs montant des marches, des ministres qui en descendent d'autres, et ainsi de suite, comme les figurants d'un film sans début ni fin. Mais aujourd'hui, la figurante, c'est moi, et je ne peux plus me contenter de zapper ces visages, quelque dégoût que j'éprouve devant leur étalage.

Dans un élan récapitulatif lié à l'absence de nouvelles fraîches, la chaîne a rediffusé à midi les images de la bouche de métro juste après l'explosion. Je les voyais pour la première fois.

Dans un coin de l'écran, j'ai aperçu l'éclair fugitif d'un tee-shirt vert, celui d'un enfant évanoui qu'un pompier tenait dans ses bras. Et, tout à coup, je me le suis rappelé, ce petit garçon, au milieu de la rame. Assis sur un strapontin, il se disputait avec sa sœur la possession d'une figurine en plastique. De guerre lasse, la petite avait cédé et boudait dans son coin, pendant que leur mère, absorbée dans une conversation téléphonique véhémente, énumérait les méfaits de son chef de service. Le pied du garçonnet se balançait dans le vide, chaussé de baskets aux semelles clignotantes, un modèle qui de toute évidence faisait sa fierté.

Sans prévenir, l'écran venait de me confronter à la dernière image demeurée dans ma mémoire : moi qui touche le bras d'Olivier pour lui montrer les baskets du petit garçon, le freinage brutal qui nous jette l'un contre l'autre. Ensuite, plus rien. Jusqu'au réveil ici, et le visage d'Yves penché sur moi.

Soudain, j'ai un besoin impérieux de savoir ce que sont devenus ce frère et cette sœur, s'ils sont blessés, vivants, choqués, orphelins, toujours ensemble ou séparés.

Mais je ne connais pas leur nom et je n'ai aucun moyen de l'apprendre.

C'est à ce moment que la panique m'a envahie comme une lame de fond. Devant les images de la rame éventrée, amas de tôles noircies, de câbles, d'armatures déformées, la réalité de ce qui s'était passé, occultée jusqu'ici par les discours et les médicaments, était en train de me percuter comme une balle rencontre sa cible. Je me suis *vraiment* demandé pourquoi Olivier et moi n'étions pas morts, nous qui nous trouvions à moins de quinze mètres de la source de l'explosion. Je me suis mise à haleter, comme si mes poumons étaient devenus trop petits pour que l'air parvienne à y pénétrer.

Une infirmière qui passait avec un chariot est entrée dans la chambre. Nos regards se sont croisés. Dans un geste d'humanité dont je lui suis encore reconnaissante, elle a d'autorité fermé le téléviseur, malgré les protestations aigres de Lucette, et m'a parlé, sa main sur la mienne, jusqu'à ce que je m'apaise.

Elle m'a dit de penser à quelque chose d'agréable. Alors je me suis raccrochée à ces quelques secondes, celles où la voix d'Olivier est parvenue jusqu'à moi dans ma chambre en réanimation, celles où je l'ai su vivant. Le reste, Lucette et télévision incluses, est pénible, mais supportable.

25 septembre

Chaque nuit, je me réveille en sursaut, à la lutte contre les images. Toujours le même cauchemar, toujours le même sentiment de culpabilité.

Le pire, c'est que je l'avais vu, ce type. Repéré au moment où il était monté, à Vaneau. Enregistré machinalement son jogging bon marché, sa barbe de trois jours, son sac de voyage en nylon fatigué, son air absent. Un iPhone à la main, ce qui excluait l'hypothèse du SDF. J'avais pensé à un dealer, étonné qu'il traîne en plein jour dans ce quartier plutôt huppé.

Mais le garçon, paisible, s'était assis au fond de la rame et s'était concentré sur la lecture de ses messages. Le petit signal d'alarme, qui clignote au passage des gens louches, s'était éteint dans ma tête. Et j'avais repris ma conversation avec Héloïse.

La police cherche encore l'identité de cet homme. Elle aura du mal, car il a littéralement sauté sur la bombe. Moi, j'ai été protégé parce que je me trouvais à l'opposé, adossé à la paroi du wagon. J'ai été plaqué dans le coin. Et c'est le corps d'Héloïse, devant moi, qui a absorbé une partie du souffle de l'explosion. En une demi-seconde, je l'ai vue s'élever en l'air, comme par un stupéfiant effet de lévitation. Je n'ai même pas eu le réflexe de la retenir. Après, tout s'est obscurci. Je ne me rappelle que le grincement des tôles tordues, la fumée âcre qui obstruait nos yeux et nos poumons. Le noir, autour de nous, dans la rame désarticulée.

Pourquoi elle et pas moi ? Pourquoi ne pas avoir écouté mon instinct, et ne pas être descendu de ce métro pendant qu'il en était encore temps ? Pourquoi, au moins, n'ai-je pas interposé mon corps entre cet homme à l'air bizarre et elle ? Ma sœur, à qui j'ai tout raconté au téléphone, me dit que ces questions sont absurdes. Elle me répète que, sans moi, mon amie serait morte de son hémorragie, incarcérée sous la rangée de sièges qui s'était retournée sur elle.

À croire que, pour Anne aussi, cette photo a fait de moi le héros que je ne suis pas.

L'ironie du sort ne fait pas de cadeau. En sortant de chez moi, ce matin-là, j'étais décidé à parler à Héloïse, et advienne que pourra. Les choses, me disais-je en boutonnant ma chemise, pouvaient, devaient changer. J'en éprouvais un mélange de peur et de joie anticipée.

Les choses ont changé, en effet. On peut même aller jusqu'à dire que rien ne sera plus jamais pareil. Je suis ici, dans mon lit, suintant de mauvaise terreur et de remords, elle est dans la chambre B 208, souffrant d'une série de fractures dont on a refusé de me préciser la gravité, puisque je ne suis *pas de la famille*. Nous ne retournerons pas déjeuner à Odéon de sitôt.

1er octobre

L'addition de ces dix minutes de métro, de La Motte-Picquet Grenelle à Odéon, sera salée : les côtes se ressouderont lentement, et mon bras droit – pour une fois, je suis contente d'être gauchère – est dans le plâtre pour cinq semaines, l'os truffé de broches. J'ai une épaule luxée, une entorse et treize points de suture à la cuisse, à l'endroit où l'artère fémorale a été en partie sectionnée par une arête métallique. Le chirurgien m'assure que je pourrai refaire de la natation, un jour. Il ne m'a pas précisé quand.

Mais, dans l'immédiat, je ne pense qu'à une chose : je vais pouvoir retrouver ma maison et mes chats. Parce que j'en avais par-dessus la tête de Lucette et des effluves de la détresse humaine, j'ai fini par signer une décharge et obtenu de haute lutte la permission de sortir.

Reste que quitter l'hôpital, la protection du personnel, des appareils et des vigiles m'angoisse. Mon séjour au Val-de-Grâce a été des plus mondains : en plus de mon frère, de mon père et de mes amis, j'ai reçu la visite d'un émissaire du ministre de l'Intérieur, de la brigade antiterroriste (plusieurs fois), de mon chirurgien et du psy. Après la réa, où je ne me souviens que de sa voix, j'ai vu Olivier brièvement dans ma chambre. Une bonne moitié de son visage était recouverte par des pansements. Mais j'étais si fatiguée que l'infirmière l'a chassé au bout de quelques minutes. Il n'est pas revenu. Je ne cesse de penser à ces pansements, aux blessures qu'ils masquent, priant pour que mon ami ne sorte pas de là défiguré. Il m'a envoyé un message pour me dire que non, mais comment savoir ?

À plusieurs reprises, les policiers ont fait le tour des chambres, à la recherche de témoignages sur le jeune homme qui semble être l'auteur de l'explosion. Je n'ai guère de souvenirs de lui, car la mère des deux petits masquait l'angle où il était assis. Tout au plus me rappelé-je un survêtement et des cheveux flous, mal coupés. Impossible de préciser une nationalité (« il avait la peau claire ? foncée ? »), une stature (« grand ? petit ? »), un détail (« il portait une barbe ? »). Toute la mémoire s'est mise en panne, sans doute pour ne pas avoir à stocker ce qui a suivi.

Devant l'entrée de l'hôpital, pendant que mon mari allait récupérer la voiture, j'ai regardé le vent pousser les feuilles qui commençaient à joncher l'asphalte contre les rebords des pelouses.

Le 19 septembre, quand j'avais franchi ces portes dans l'autre sens, c'était encore l'été.

Le temps, mon temps, avait sauté sans prévenir les marches de l'automne.

Au retour, je regardais, engourdie par les analgésiques, danser les feux de position des voitures rue de Réaumur. Yves ne disait rien. Une fois arrivée chez nous, au moment de prendre l'ascenseur, j'ai eu l'impression de m'être absentée mille ans. Pourtant, il n'y avait que treize jours que j'avais pénétré dans la cabine en sens inverse, que j'avais pressé le bouton « Rdc ». Avec de l'impatience au bout des doigts, ça, je m'en souviens.

Aujourd'hui, retrouver l'atmosphère surchauffée du couloir de mon immeuble, le bruit des clés dans la serrure, est à la fois familier et étrange. Je reviens d'un trop long voyage.

Dans l'appartement, Bergamote et Zeugma se sont précipitées sur moi. Elles se sont mises à flairer mon sac et à tournicoter dans mes jambes de plus en plus en vite, en poussant de drôles de miaulements nerveux. J'étais heureuse de les revoir, mais Yves les a repoussées. « Elles vont te faire tomber. »

Mon mari a ensuite disparu, marmonnant quelque chose à propos de la voiture. Il était bizarre, ce matin, sombre et renfrogné ; pas exactement renfrogné, non, mais plus taiseux qu'à l'ordinaire, retranché dans un silence épais et vaguement menaçant. J'aurais dû lui demander ce qui le contrariait. Comme d'habitude, je ne l'ai pas fait.

Le téléphone a vibré dans ma poche. J'ai tâtonné, juré, mis plusieurs secondes à atteindre l'appareil. Quelques mots seulement sur l'écran. Et un coup au cœur en les lisant : « Suis passé mais tu étais partie. Te souhaite un bon retour chez toi. Olivier. »

Nuit du 1er au 2 octobre

Cette nuit, j'ai senti en rêve un souffle chaud dans mon cou. Une main, qui se promenait, légère, sur ma poitrine. Elle a effleuré mon torse, a glissé vers mon bas-ventre. J'ai gémi, d'étonnement plus que de plaisir. Depuis l'accident, mon corps me fait l'effet d'être sidéré.

Pourtant la main insistait, des lèvres tièdes se posaient sur ma peau, la parcouraient avec patience et bonté. J'ai ouvert les yeux : je ne rêvais pas. Dans le silence, j'ai reconnu le froissement des draps, le souffle, le mouvement d'un corps familier qui tentait de m'éveiller à son désir.

Depuis des mois, Karine et moi ne nous étions plus touchés, et cela bien avant l'explosion du métro. Je redécouvrais avec surprise la soie lente de sa peau, son odeur de cannelle et de fougère. Sa main délicate circonscrivait résolument sa trajectoire, se posait sur mon sexe.

Je l'ai prise dans mes bras et l'ai assise sur moi. Je regardais sa silhouette se découper dans le contre-jour laiteux de la fenêtre nocturne. Mon amante était belle. Elle était belle, et je tentais d'éprouver à mon tour quelque chose, ne serait-ce que pour acquiescer à son geste, même si je sais que nous ne nous aimons plus vraiment.

Ses mains et sa bouche me murmuraient des choses apaisantes, tendres. Elles cherchaient à me persuader que j'étais encore en vie. Dans ma nuit personnelle, l'amitié du corps de Karine m'offrait un répit. Un gué pour franchir la succession vide des journées, ces images qui me traversaient comme des coups de couteau, et la peur collante qui avait infiltré mon quotidien.

Mais je n'ai pas pu. Mon sexe s'est découragé, affaissé. Et j'ai dû réprimer un cri de douleur quand le genou de ma compagne a touché ma hanche dans le noir. Elle s'est immédiatement retirée (« Pardon, je t'ai fait mal »), endossant généreusement la responsabilité de ma faillite.

À défaut de pouvoir faire quoi que ce soit d'autre pour elle, je lui ai pris la main. Masquer les larmes que buvait en silence la gaze des compresses qui couvrent encore mes joues.

Je ne comprends plus ce qui se passe. Il y a encore six semaines, Karine et moi étions en instance de séparation. Nos relations étaient tendues, acides, comme celles des gens qui se sont trop fort aimés avant de s'être déçus.

Mais depuis l'explosion, l'animosité est tombée, remplacée par la sollicitude. Ma compagne ne parle plus de départ et, pour être franc, je n'en parle plus moi non plus. Elle assume tout, les cauchemars, la fatigue. Elle assume la photo, également.

Je sais qu'elle l'a vue. Il est impossible qu'elle ne l'ait pas vue. Mais elle ne m'en a jamais parlé. Pas un commentaire, pas un reproche.

Ce qu'elle vient de faire, cette étreinte conciliante, est aussi, je le devine, une manière de franchir l'abîme que cette image a creusé entre nous. De m'accorder et le savoir et le pardon.

J'ignore si j'en suis digne. Je me contente de rester là, à l'abri d'une affection renaissante que je ne suis pas sûr de partager. Je suis fatigué à l'avance de tout ce qu'il faudra d'énergie, de courage et de cruauté pour retrouver l'élan salvateur nécessaire à m'en extraire. Peut-être persuadé, au fond, que l'instant de grâce est passé, qu'il n'aura plus lieu, et que le mieux que nous ayons à faire est de rassembler les débris de présent que nous a laissés l'explosion. Tenter à partir de ce pauvre legs de rebâtir une vie, de lui appliquer chaque jour les gestes de l'habitude jusqu'à se convaincre que le mieux est de continuer en compagnie de ceux qui sont toujours, malgré tout, les nôtres.

Multiplication

Histoires d'images

Elena Zakousilo, soixante-douze ans, psychiatre (Meudon)
8 juin 2011

Je suis presque sûre d'avoir déjà vu ces photos dans une exposition, mais je ne me rappelle pas laquelle. Elles datent du début du siècle. Le XXe*, je veux dire. Certainement dans une grande fabrique américaine, à l'apogée du taylorisme. Ce qui me frappe ? La maigreur des enfants, bien sûr. Leur état de santé a l'air déplorable. On imagine les poux, la gale, les carences, les infections dentaires, la tuberculose.*

Oui, ça me revient, maintenant : une exposition sur le travail des enfants. L'homme qui les a prises a été photographe sur l'île, là où arrivaient les immigrés, comment s'appelait-elle donc... excusez-moi, ma mémoire n'est plus ce qu'elle était... Ellis Island, c'est ça. Les parents de mon mari étaient passés par là, figurez-vous.

Évidemment, aujourd'hui, on les trouve révoltantes, ces images. Mais je serais bien curieuse, mon jeune ami, de connaître les conditions de travail des ouvriers dans les usines chinoises où l'on a fabriqué votre beau petit ordinateur.

Moi, ce qui me dérange, avec cet Américain – comment vous l'appelez ? Hine ? – c'est que ses photos sont belles. Il a beau s'attarder sur la misère, la crasse, les machines, la fatigue, il se débrouille toujours pour leur donner du relief, de l'intensité. Ses enfants, on dirait des anges épuisés pris dans la lumière.

Peut-être qu'il a suivi son instinct de photographe, qu'il ne l'a pas fait exprès.

Ou bien il était plus rusé qu'on le pense : il a mis ce qu'il fallait de beauté dans son reportage pour qu'on ait envie de le regarder jusqu'au bout.

Au fond, vous êtes un petit malin, vous aussi. Vous faites comme l'Américain. Vous avez raison, allez. Des images, on en a plein les yeux, je le sais parce que j'ai internet, pour bavarder avec mes petits-enfants. On ne les regarde même plus. Ce qu'il y a derrière, la vérité des corps, l'amour ou l'oppression, on s'en fiche.

C'est pour ça, voyez-vous, que je continue à venir au dispensaire, malgré mon âge. Je les écoute me raconter leurs souffrances dans toutes les langues qu'ils connaissent ; je les aide à donner un visage à ce qui les empêche de dormir. Vous, vous mettez des mots vivants sur des images mortes. Peut-être qu'on fait le même genre de métier, au fond.

4 octobre

Avec le docteur Delorme, qui passe tous les deux jours, nous avons évoqué le journal de la mi-journée. Celui de tout à l'heure a remis l'explosion au menu : cette fois, elle est presque officiellement devenue un attentat. En effet, un communiqué tardif, signé « Septembre de la foi », est parvenu hier à la brigade antiterroriste. Les enquêteurs disent prendre la piste au sérieux. J'avais rallumé ma tablette, pour la première fois depuis mon retour, et fait plus tôt dans l'après-midi quelques recherches sur internet, mais je n'avais presque rien trouvé sur ce groupuscule au nom ésotérique, qu'on soupçonne d'entretenir des liens avec une obscure mouvance fondamentaliste. À vrai dire, je n'ai même pas compris quelle foi ses tenants défendaient. Mais on peut compter sur eux, par les temps qui courent, pour le faire avec une rare ferveur.

Avant de partir, mon médecin m'a préparé du thé, pour m'épargner le voyage à la cuisine.

J'aime bien cet homme : il m'a toujours parlé comme à une personne, pas comme à un symptôme. Ce qui, en ce moment, m'est particulièrement précieux. Il en a profité pour me demander comment j'allais, psychologiquement. Si je voyais – périphrase prudente – « quelqu'un ». Je lui ai dit que je n'en ressentais pas le besoin, et c'est la stricte vérité. Cette chose est arrivée, et je ne vois pas quel psychothérapeute pourrait faire remonter la machine en arrière : rien à comprendre, rien à changer. Juste reprendre le métro en pensée, des milliards de fois, cinq minutes plus tôt ou plus tard, et imaginer ce qu'aurait été le goût du *tsampa* et des beignets du restaurant tibétain que nous avions choisi ce jour-là. Ensuite, la sensation de l'air et la saveur du soleil de l'automne sur la peau, l'odeur de l'arabica à la terrasse d'un café, la traversée de la Seine à la sortie du travail, les romans lus tard dans la nuit, Yves grommelant contre ma lampe allumée.

La routine des gestes et des jours, dont j'ignorais à ce moment-là encore la précieuse, la stupéfiante facilité.

Aujourd'hui, plus rien n'est simple. Depuis ma sortie de l'hôpital, je fuis les amis, Katia exceptée. Pourtant, ils appellent, ils écrivent, sans relâche, me demandant si j'ai besoin de soutien, de visites, de chocolats. Certains m'ont dit avoir été « affolés en voyant les photos ». De quelles photos parlent-ils ? J'ai demandé à Yves, qui a fait allusion à des images de l'évacuation. Il a promis de me les montrer plus tard – mais rien qui doive m'inquiéter, m'assure-t-il. Je n'ai pas encore eu le courage de vérifier par moi-même.

Tous ces messages me bouleversent. J'ai beau aimer les miens, je ne me sens pas la force de les voir. Je ne veux pas me montrer ainsi devant eux, amaigrie, migraineuse, déprimée, abrutie par les antalgiques. Moi-même, je ne me reconnais plus, quand je me vois traîner en pyjama, pas encore lavée, à quatre heures de l'après-midi.

Il faut dire que, dans mon état, la douche est toute une aventure.

La seule personne que j'ai eu, depuis ma sortie, envie de voir, est la dernière avec qui j'arrive à communiquer. De temps en temps, je saisis le téléphone, je fais défiler le répertoire jusqu'à trouver son nom. Parfois, je vais même jusqu'à appuyer sur la touche verte. Mais je raccroche aussitôt. Je ne saurais quoi lui dire, quelle question lui poser : « Ça va ? Tu as repris le boulot ? Pas trop fatigué ? » Ou alors : « Toi aussi tu te sens détruit ? Dégueulasse ? Un peu mort ? » Un mélange étrange de vanité blessée et d'angoisse : j'ai perdu conscience, lui non. Dieu sait dans quel état il m'a vue, après l'explosion.

Quelqu'un, à l'hôpital, m'a dit que mon mari était un héros, qu'il m'avait sortie de là avec un courage formidable. Il doit confondre Yves et Olivier. En plus, je ne vois pas très bien ce que ce jeune infirmier, qui ne se trouvait pas sur les lieux, en savait.

En attendant, j'ai honte. Honte de ma froideur apparente, de ma lâcheté, de la peine que je suis en train de faire. Mais plus je cherche les mots pour briser cette glace, plus ils me désertent, comme si ces quelques heures d'absence dont Olivier détient la clé avaient posé entre nous la barrière d'une gêne pernicieuse et ineffaçable.

8 octobre

La première sensation a été celle d'une libération. La seconde, celle d'une nudité. La jeune femme m'observait, son visage tout près du mien. J'ai senti mon sang refluer.

– C'est comment ?

Elle a souri. Son badge m'indiquait qu'elle s'appelait Rose-Marie. Rose-Marie Casillas.

– Ne vous inquiétez pas. Vos yeux sont intacts, c'est l'essentiel... Sur la joue, la cicatrice est propre, et elle sera fine. Celle du crâne sera cachée par les cheveux. C'est juste la coupure de l'arcade sourcilière qui est embêtante. Si elle vous gêne trop, vous pouvez la faire corriger par de la chirurgie esthétique. Vous êtes prêt ?

Rose-Marie m'a tendu le miroir et j'ai retenu mon souffle un instant. Elle avait raison, je m'en tirais à bon compte : j'ai été presque surpris que les dégâts ne soient pas plus spectaculaires. En voyant le haut de mon front constellé de minuscules traces rouges, consécutives aux éclats de verre, j'ai compris que j'aurais pu sortir aveugle de cette explosion. Certes, la pommette était encore laide, marmelade brune et jaunâtre barrée par le trait rectiligne de la suture. Le sourcil, lui, avait un curieux air dissymétrique, coupé en deux, comme s'il manifestait un étonnement permanent.

– Ça va ? m'a demandé Rose-Marie.

J'ai acquiescé. Toujours l'étrange sensation de liberté sur la peau, comme une levée d'écrou. Je ne réalisais pas encore que ma tête d'intello beau gosse n'était plus qu'un souvenir. Le regard de la jeune femme, très bleu, soutenait le mien.

– Pas d'exposition au soleil sans protection pendant un an. N'hésitez pas à reprendre rendez-vous pour une chirurgie réparatrice. À voir un psychologue, aussi. Le secrétariat va vous donner le numéro.

J'ai remercié le docteur Casillas et j'ai quitté l'hôpital à pied.

L'arrière-saison avait pris ses quartiers, baignait les trottoirs d'une lumière douce, comme une ultime et flamboyante bouffée d'été. J'ai ôté les lunettes sombres que je portais depuis le jour de l'accident. Non que je sois un personnage à ce point médiatique, mais, depuis le démarrage d'« Histoires d'images », il y a deux ans, un certain nombre de gens savent à quoi je ressemble.

Une femme, sur le trottoir d'en face, m'a regardé avec insistance. Elle a mis longtemps avant de détourner les yeux, et je me suis demandé dans quelle mesure elle ne m'avait pas reconnu, moi, Olivier Bérenger.

Je croyais pourtant avoir pris l'habitude de ces yeux indiscrets qui s'attachaient à mes pansements, dans la rue, dans le rétroviseur des taxis. Mais cette fois s'y mêlait quelque chose d'autre : un mélange de fascination et de dégoût, d'inquisition sournoise dans les plis de la chair blessée. Au deuxième carrefour, j'avais déjà remis mes lunettes. Je regrettais presque la gaze et le sparadrap qui, sans que je le sache, avaient interposé pendant vingt jours un écran protecteur entre le monde et moi.

Je sais que ce sentiment est irrationnel. La femme qui me fixait ignore certainement qui je suis. Et si tant est qu'elle ait reconnu un visage, c'est celui qu'elle aura vu à la télévision, pas celui de la photo. Il n'empêche : depuis que je sais que ce cliché a circulé un peu partout, je me sens vulnérable.

Est-ce qu'Héloïse est au courant ? Nous ne nous sommes pas revus depuis l'hôpital. Une fois en réanimation, grâce à un infirmier compréhensif, une autre fois dans sa chambre. Ensuite, je me suis heurté à la garde prétorienne devant sa porte. Son mari avait donné des consignes strictes qui ne m'incluaient pas.

Depuis sa sortie, mon amie ne me parle plus que par SMS. Un premier pour demander des nouvelles, un deuxième pour m'avertir de son changement de numéro, le dernier pour la commémoration. Aucune allusion à *Scoop-Images*.

Pourtant, mon portable porte la trace régulière d'appels manqués émanant du sien. Mais elle ne répond jamais quand je rappelle. Je me dis qu'elle doit être avec son mari. Qu'elle ne veut pas entendre parler de cette photo, et encore moins me revoir parce que mon souvenir est lié à la pire journée de sa vie.

Je mens.

Ce n'est pas seulement la sollicitude qui me retient d'insister. C'est la honte que nous ayons tous deux été montrés ainsi, dans ce que nous avions de plus faillible et de plus démuni. Un photographe a fait de nous, par provision, les traîtres que nous n'étions pas. Son image a défloré, vendu, souillé à l'avance les mots que nous n'avons pas eu le temps de prononcer. Depuis, ils flottent entre nous, branches de bois mort à la surface de l'eau sale.

10 octobre

Trois semaines jour pour jour après l'explosion, nous sommes allés déposer une gerbe sur le quai de la station Odéon, toujours fermée au public. Des victimes étaient là, accompagnées par leurs parents, leurs enfants ou leur avocat. L'empreinte des fatigues et du chagrin se lisait à découvert sur les visages. J'ai tenté de repérer la mère et ses deux petits, mais je ne les ai pas vus. Olivier n'était pas là non plus. À côté de moi, un jeune couple, des étudiants certainement, pleurait à chaudes larmes : aussi bien la fille, une grande blonde effondrée, que le garçon qui l'accompagnait. Ils avaient dû perdre un frère ou un copain de fac. J'ai pensé qu'ils étaient trop jeunes pour faire connaissance avec la mort, surtout de manière aussi brutale.

Ce fut dur de retourner là-bas. Mais, pour une fois, je préférais être dehors, au milieu des autres, plutôt que de rester terrée chez moi. Hugues me donnait le bras. Plusieurs personnes que je ne connaissais pas m'ont saluée, ont demandé des nouvelles. Quelques regards brefs, mais appuyés, dont je n'ai pas compris la raison. Quelqu'un a lu un poème d'Armen Lubin. À l'issue du rassemblement, nous avons remonté l'escalier. Je butais sur les marches, à cause de ma cheville encore douloureuse.

Et à la sortie, ils étaient là, massés en foule compacte, énervés par l'attente. Comment ils ont eu vent de cette commémoration, qui était une initiative privée des familles, je l'ignore.

Nous avions beau être une cinquantaine au total, nous avons été encerclés par la horde surexcitée, qui déclenchait des flashes à tour de bras. Les questions fusaient, agressives, stupides. J'ai entendu une voix disant : « C'est la fille de *Scoop-Images* », puis une main a agrippé ma manche, faisant vaciller mon équilibre déjà précaire.

– Madame Trevisan, quel effet ça fait de revenir sur les lieux de l'attentat ?

Je ne sais même pas qui était ce journaliste qui connaissait mon nom et pourquoi il se permettait de me toucher. J'ai eu soudain une peur terrible, peur d'être emportée au milieu de la cohue, et je me suis cramponnée à Hugues, qui s'est retourné d'un bloc. Là, j'ai vu les pieds de l'homme qui avait posé la main sur moi décoller du sol. Mon frère venait de le soulever par le revers de son blouson avec toute la force dont il était capable.

– Dégage, salopard.

Le type se débattait comme un beau diable sans que Hugues ne lâche prise pour autant. Ses confrères se sont portés à sa rescousse pendant qu'un policier en tenue s'avançait pour tenter de les séparer. Des flashes ont crépité à ma gauche. Mon frère a repoussé l'homme d'un coup sec aux épaules qui l'a fait basculer en arrière, faisant tomber d'autres reporters à la renverse. Après quoi il a arraché l'appareil des mains du photographe qui nous mitraillait et l'a jeté sur le sol, où l'objectif s'est brisé net.

– Foutez-nous la paix.

Hugues n'est pas un tiède, je le sais bien. Mais jamais je ne l'avais vu perdre le contrôle de la sorte. Le photographe a hurlé :

– Je vais porter plainte.

Mon frère s'est planté à quelques centimètres de l'homme, qu'il dépassait d'au moins une tête.

– C'est ça, porte plainte, connard. Moi aussi je vais porter plainte contre toi, pour harcèlement. Et te casser la gueule, si tu continues.

Je voyais les mains d'Hugues trembler. L'agent a enfin réussi à se frayer un chemin jusqu'à nous et s'est interposé.

– Calmez-vous, monsieur, ça ne sert à rien.

Quatre autres policiers sont arrivés en renfort et ont fait reculer de force la petite troupe de reporters qui continuait à tendre ses micros, frustrée et avide. J'entendais les interjections, le déclic des flashes, à nouveau. J'en ai profité pour entraîner mon frère hors de la cohue. Un des paparazzi a bien tenté de nous suivre le long de la rue de l'École-de-Médecine, mais Hugues s'est retourné dans sa direction et a marché vers lui. Je le sentais prêt à en découdre. L'autre a dû le sentir aussi car il a rebroussé chemin.

Une fois dans la voiture, j'ai dit :

– Qu'est-ce qui t'a pris ?

Hugues a posé le front sur le volant.

– C'était con, je sais.

Et il a ajouté :

– Excuse-moi.

Hugues est mon petit frère. Enfin, petit, façon de parler, si l'on compte son mètre quatre-vingt-dix-huit et ses cent cinq kilos. C'est un garçon jovial, malgré notre adolescence endeuillée, un homme solide et bien décidé à être heureux. La semaine, il est pépiniériste, le week-end, judoka amateur. La violence de sa réaction, tout à l'heure, m'avait stupéfiée, comme si je découvrais un aspect de lui qui m'avait échappé jusqu'alors.

– Ne refais pas ça, frérot. Je ne veux pas t'apporter des oranges en prison.

Hugues avait toujours les mains crispées sur le volant, les jointures blêmes. Il m'a regardée et a eu un sourire qui tremblait aux commissures. J'ai vu les larmes lui monter aux yeux, comme s'il était sur le point de craquer. Je sais qu'il se déteste pour avoir empoigné ce type, que frapper un plus faible que lui est contraire à tous ses principes.

Sans prévenir, mon frère m'a enlacée et embrassée sur le front. Lui qui me touchait si peu d'ordinaire m'a gardée serrée fort contre lui comme s'il voulait former rempart de son corps contre un ennemi invisible.

– C'est juste que... c'est juste qu'ils t'ont déjà fait tellement de mal, ma douce.

11 octobre

– Vous vous appelez Julie de Linden, et vous habitez 18, avenue de Bel-Air à Saint-Mandé ?

Je n'ai rien répondu.

– Vous avez perdu votre langue ?

– Je ne parlerai qu'en présence de mon avocat.

La fille a soupiré.

– Mademoiselle, on n'est pas à la télévision, ici. Vous êtes entendue dans le cadre d'une enquête pour terrorisme. Votre avocat attendra.

Je me suis sentie blêmir et la fille est aussitôt revenue à la charge.

– Donc, vous habitez Saint-Mandé, votre père est médecin, et vous avez fait une année de prépa vétérinaire, avant la fac... pas le profil classique d'une militante d'ultragauche, tout ça...

Elle me regarde, je ne bronche pas. Je ne sais pas ce qu'elle me veut, mais le fait qu'elle soit aussi bien renseignée m'inquiète. Je ne comprends toujours pas ce que je fais là. J'hésite à poser la question. Mais le grand maigre prend le relais.

– Si j'en crois votre compte Facebook, vous n'aimez pas la pub ?

Je sens une vague de soulagement m'envahir. Et c'est ça qu'ils appellent « terrorisme » ? Pas possible, ces deux flics sont complètement abrutis.

– Pourquoi vous espionnez mon compte Facebook ? On est en démocratie, on est libre de ses opinions, non ?

– Tout à fait, mademoiselle de Linden. Et vous, vous avez l'air d'en avoir plein, des opinions. Ça fait longtemps que vous êtes membre des Désafficheurs ?

11 octobre

Hier, j'ai tenté de prendre le métro. Je n'en pouvais plus de tourner en rond dans cet appartement en regardant des chaînes d'informations qui répétaient en boucle leurs catastrophes comme des mantras. Je voulais retourner à la Bibliothèque nationale, me remettre à la préparation du prochain « Histoires d'images ». Héloïse et moi en avons déjà choisi le thème, la guerre d'Espagne. Je me cramponne à l'espoir de refaire cette émission avec elle.

Il pleuvait à verse, et cela m'a aidé à ne pas trop réfléchir avant de m'engouffrer dans la station. J'ai réussi à franchir le portillon, le couloir, et à remonter l'escalier jusqu'au quai aérien de Bel-Air, m'obligeant à ne penser à rien. Mais lorsque la rame est arrivée, le bruit des freins m'en a rappelé un autre : le crissement qui avait envahi toute la structure métallique quand elle s'était tordue après l'explosion. Je fixais les portières. Je fixais les barres d'appui avec lesquelles j'avais cogné sur les fenêtres comme un dingue pour ouvrir un passage. C'est par l'une d'elles qu'on avait extrait le corps d'Héloïse, après que deux hommes et moi avions soulevé la rangée de sièges sous laquelle elle était incarcérée.

Les portes béaient devant moi, sur le quai luisant de pluie. J'ai croisé le regard de plusieurs passagers, que ma prostration intriguait. Mais j'avais beau entendre résonner le signal de fermeture des portes, mes pieds restaient collés au sol. J'ai été incapable de monter dans cette rame. Au contraire, mon ventre s'est liquéfié en quelques secondes. Vomir.

L'eau froide sur le visage, dans les toilettes du bistrot d'en face. La sensation de la vie qui revenait peu à peu. J'ai contemplé dans le miroir piqué ma sale gueule d'insomniaque, mes cicatrices, mon rasage douteux, mes cheveux qui avaient repoussé plus clairs à l'endroit où le crâne avait été tondu pour la suture. À ce rythme, il ne me faudrait pas longtemps pour devenir le *loser* alcoolique, l'universitaire dépressif dont les collègues parleraient dans son dos pour dire combien il était brillant *avant*. Un personnage digne d'une légende de *Scoop-Images* : « La vie brisée d'Olivier Bérenger ».

Mais moi je ne veux pas, non, devenir celui qu'ils ont fabriqué. Le type qui hurle de peur parce que, dans ses bras, une femme est en train de se vider de son sang. Qui ne peut pas s'empêcher de penser, dans un éclair de lucidité surréelle au milieu de la panique, que c'est la première fois qu'ils se touchent d'aussi près, et que c'est peut-être aussi la dernière, non, mon Dieu, pas déjà, laissez-nous un peu de temps, juste encore un peu de temps.

Et c'est peut-être la honte qui me brûle le plus âprement, celle que, même à moi, j'ai encore du mal à avouer, et qui vient gifler mon reflet dans la glace : celle d'avoir, dans un moment pareil, éprouvé du désir pour Héloïse, ou plus exactement une envie sauvage de ne plus jamais lâcher son corps prisonnier contre le mien. Je ne me le pardonne pas.

12 octobre

J'ai eu un choc en entendant la présentatrice annoncer que le responsable de l'explosion avait été formellement identifié, grâce à son ADN. Il s'appelle, enfin, il s'appelait, Erwan Le Guéhennec. Il est né à Rennes, il est étudiant, et aucun lien n'a pu être établi entre lui et un quelconque groupuscule fondamentaliste.

La journaliste a eu beau dramatiser cette révélation autant que possible, elle paraissait perplexe, pour ne pas dire déçue : l'os terroriste, si plaisant à ronger, se dérobait sous la dent. Exit « Septembre de la foi » : on parle désormais d'un « mystère qui demeure entier », d'un possible « geste isolé », d'un « acte suicidaire » ; bref, on masque sous des formules usées jusqu'à la corde par leur répétition une agaçante absence d'informations.

J'ai regardé la photo de ce Le Guéhennec, qui passait en boucle durant le reportage. Je ne l'ai pas reconnu. Un visage allongé, énergique, souriant, des yeux marron, une barbe de quelques jours bien taillée. Le garçon, vêtu d'un polo floqué aux armes d'une université américaine, paraissait plein de vitalité. Qu'est-ce qui avait pu lui passer par la tête ? Qui l'avait endoctriné au point de lui faire commettre l'irréparable ? Son sourire figé sur l'écran rendait les choses encore plus incompréhensibles.

Dans un geste réflexe, j'ai composé le numéro d'Olivier. Son portable a immédiatement basculé sur sa messagerie. Il devait déjà être en ligne.

Ensuite, c'est mon propre portable qui s'est mis à vibrer. Un numéro inconnu : encore un journaliste, ai-je supposé. J'ai eu beau changer d'opérateur, certains ont trouvé le moyen de continuer à m'assaillir de leurs demandes d'interviews. Alors que je bataillais avec le pull que je tentais d'enfiler, le téléphone a sonné à nouveau. C'était Arnold, mon avocat. L'ami avocat d'Yves, plus exactement, qui s'est occupé de ma constitution de partie civile. Il m'a expliqué que la piste éco-terroriste était en train d'être explorée, mais que les médias n'en seraient informés qu'après confirmation.

J'écoutais ses explications. Les mots flottaient, abstraits, à la surface de mon esprit. Dans ma tête, il y avait d'un côté un étudiant qui souriait, et de l'autre un bruit assourdissant qui avait abîmé des chairs et coûté des vies. Cette équation n'avait aucun sens.

Au moment où je tendais la main pour rappeler Olivier, le portable a vibré de nouveau : Yves. Il voulait savoir si j'allais bien. La veille au soir, il m'avait dit qu'il fallait qu'il me « parle d'un truc » et j'avais acquiescé. Mais je m'étais endormie avant qu'on ait pu entamer la conversation. Savait-il quelque chose que j'ignorais sur l'enquête ?

Son coup de fil m'a prise au dépourvu. Peut-être parce que, depuis le retour de l'hôpital, mon mari, peu loquace par nature, ne me parle quasiment plus. Est-ce à cause du bruit qu'a fait cette explosion dans notre vie tranquille, du téléphone que l'on regarde avec suspicion chaque fois qu'il sonne ? Ou parce que jouer les gardes-malades horripile Yves, lui qui d'ordinaire se repose sur moi pour l'intendance ? Il a dû, pour rester avec moi, annuler une mission à Seattle qu'il préparait depuis des mois – il est ingénieur aéronautique. Son dépit est peut-être égoïste, mais je tâche de le comprendre.

En raccrochant, j'ai eu un éblouissement. Normal, j'avais le ventre vide depuis la veille. J'ai préparé une soupe en sachet dont l'odeur me tournait le cœur avec l'eau chaude du robinet, et j'en ai profité pour avaler deux comprimés de Tramadol. Pour la troisième fois, je me suis heurtée au répondeur d'Olivier. Exaspérée, j'ai balancé le téléphone sur le comptoir de la cuisine, et j'ai balayé la pièce du regard.

Le spectacle était consternant. Yves n'a jamais eu un sens aigu du ménage, mais depuis que je ne peux plus m'en charger, cet appartement tient du dépotoir.

J'ai soupiré pendant que la migraine rampait le long de mon nerf optique. J'allais commencer par me calmer un peu, ranger ce désordre, en attendant que les médicaments fassent leur effet. Remplir le lave-vaisselle, jeter les emballages du traiteur japonais de la veille au soir qui traînaient encore sur la table.

J'ai organisé un entassement périlleux des barquettes vides et tenté de déposer la pile dans la poubelle, le tout d'une seule main. Une partie des boîtes, évidemment, a manqué sa cible.

Il m'a fallu un temps infini pour m'agenouiller, repousser le sac, recueillir celles qui étaient tombées, les replacer avec les autres.

Très peu de temps, par contre, pour comprendre que ce magazine, lui, n'avait rien à faire derrière la caisse des produits ménagers, qui dissimulaient en partie sa couverture.

J'ai d'abord pensé, de manière incongrue, à une revue pornographique que mon mari aurait lue en cachette, mais cette idée était risible pour quiconque connaissait Yves.

Découvrant ensuite ce dont il retournait, j'ai songé que je ne m'étais pas fondamentalement trompée, sauf que c'est d'un autre genre de pornographie qu'il s'agissait, et que, grâce à *Scoop-Images*, j'en étais devenue l'une des nouvelles étoiles.

19 septembre

Est-il spectacle plus surprenant que celui de la terreur ? On pourrait imaginer qu'un ensemble d'êtres humains, placés dans un wagon du métro parisien où se produit, sans que rien l'ait laissé prévoir, une violente déflagration suivie d'un souffle qui les projette contre les barres métalliques qui servent d'appui aux voyageurs debout, que cet ensemble d'êtres, donc, oublie tout à coup les épaisseurs d'éducation, de bienséance, de maîtrise de soi et de rationalité qui nous conditionnent depuis l'enfance, et se laisse aller à une panique innommable d'où émergeraient cris, gestes brusques et incontrôlés, au milieu d'une fumée âcre et de l'obscurité engendrée par une panne de courant consécutive à l'explosion. On pourrait imaginer que les mêmes, prisonniers de la tôle tordue, achèvent de briser les vitres avec le premier objet qui leur tombe sous la main, fragment de tubulure d'acier, épaisse botte de cuir, assise de siège, pour s'extirper du piège, l'odeur de brûlé commençant à envahir le couloir. Que deux hommes plus énergiques et, surtout, plus valides que les autres prennent la direction des opérations, hurlant à tous de rester tranquilles, qu'on allait les faire sortir, les enfants et les femmes d'abord.

Que la trentaine de passagers de la première voiture, en tout cas ceux qui sont encore debout et encore en état de comprendre une consigne, soudain s'immobilisent et se plient docilement à cette autorité providentielle, d'autant qu'elle arrive de nulle part et que l'angoisse de la nuit souterraine, à cet instant, n'est plus habitée que par des cris et des gémissements dont on ne sait qui les émet. Alors, dans la lumière incertaine des lampes de secours du tunnel, des ampoules leds et des écrans de portable tentant de transpercer l'obscurité, débuterait une pénible transhumance, celle des corps plus ou moins choqués, plus ou moins inertes, à travers les ouvertures frayées de force, dès lors que le dispositif actionnant l'ouverture des portes est définitivement hors service. On y verrait un peu plus clair quand les pompiers arrivés sur les lieux braqueraient des projecteurs surpuissants sur les vitres défoncées de ce qui reste des deux premières voitures, entre le bruit des tenailles, des scies circulaires et celui des pleurs.

Mais certains passagers n'auraient pas attendu les secours, comme cet homme dont la lumière blanche éclaire par intermittences le visage ensanglanté, et qui porte dans ses bras un fardeau indistinct. Au péril de sa vie, il court sur les rails au milieu de la fumée, de l'insoutenable odeur de plastique et d'autre chose qui brûle – mieux vaut ne pas se demander quoi ; ou plus exactement il avance aussi vite qu'il le peut, entravé, déséquilibré, il trouve à tâtons les marches métalliques qui lui permettent de se hisser sur le quai, se hisse, manque de trébucher avec ce poids dans les bras, prend appui dos au mur, respire, bien que ses bronches se soient transformées en papier de verre, et entreprend l'ascension de l'escalier que le flux des secouristes, médecins et pompiers dévale maintenant dans le sens de la descente. Il ne voit rien, pas les mains qui tentent de le soutenir ou de l'arrêter, il n'entend rien, pas les voix qui lui disent qu'on va l'aider ou lui demandent si ça va, il monte l'escalier comme un forcené, un malade, un animal, dût-il tuer pour sortir de là, et voici que la fumée qui lui salit les poumons se désopacifie soudain en un carré plus clair, d'autres bruits, d'autres odeurs, la pression des corps qui se relâche, la lumière du jour.

Et c'est cette image que le photographe embusqué saisit. Celle d'un homme dont le visage est en sang, la bouche ouverte sous le coup de l'effort et du manque d'air, le masque de la terreur imprimé sur la face, et dont la chemise, ou ce qu'il en reste, est maculée de souillures noirâtres, tandis que la moitié de sa manche droite, elle, manque. Ce poids qu'il a porté sur trois cents mètres, ce fardeau qui lui a coupé le souffle est un corps de femme. On voit d'abord ses chevilles, ses pieds nus, l'un balafré d'une entaille, puis un genou qui pointe dans la déchirure du pantalon de toile écrue à la ceinture brodée. Un bras pend dans le vide, désaxé de sa position naturelle. Mais ce contre quoi le regard achoppe, stupéfié, ce qui résiste d'abord au sens à donner à cette image, c'est le torse dénudé, obscène, les seins très blancs de la femme et leur beauté déplacée, révélée par le souffle de l'explosion. Elle est exhaussée par la guirlande textile des lambeaux d'un chemisier qui fut bleu pâle, mais dont les restes sont désormais empoissés par le rouge épais d'une large coulée de sang. Le liquide a couru des cuisses jusqu'au flanc, ou l'inverse, nappant le nombril, noyant une partie de la toile claire du pantalon, y dessinant une large fleur rubescente. La femme est inconsciente, ses cheveux noirs pendent dans le vide et son visage, contrairement à celui de l'homme, est exempt de toute expression, tellement inerte que l'on se demande dans quelle mesure l'appareil n'a pas enregistré l'image d'un cadavre.

Le photographe ne réfléchit pas. Il sait qu'il s'est trouvé par hasard au bon endroit, que jamais il ne sera plus proche, il déclenche, déclenche sans cesse, dégoûté et excité tout à la fois par ce qu'il est en train de voir et le prix auquel il sait déjà pouvoir le vendre, son cerveau calcule à toute allure les distances, les angles, une part de lui frémit vaguement en pensant à l'état dans lequel doivent se trouver ceux qui sont encore en bas, l'autre se demande si, en attendant un peu, il aurait une chance d'obtenir une image encore plus tragique, encore meilleure. C'est à ce moment qu'il aperçoit, dans le coin droit de son champ de vision, un agent en tenue se dirigeant vers lui avec l'évidente intention de le faire déguerpir.

Il n'attendra pas l'injonction, déjà faufilé dans la rue d'à côté, courant de plus en plus vite pour sortir du périmètre, au milieu d'un concert désordonné de klaxons, de véhicules arrêtés, montés sur les trottoirs pour tenter de laisser passer les ambulances dont les sirènes hurlent, un carrousel de visages anxieux, perplexes, interrogatifs, qui regardent la fumée noire, à l'inquiétante pestilence, s'élever depuis Odéon ; il courra presque jusqu'au jardin du Luxembourg encore ouvert et y reprendra son souffle, brièvement, sous un peuplier. Puis, fébrile, toujours haletant, il décrochera son téléphone pour appeler son responsable d'agence, un certain Paul-Louis, à qui il enjoindra de lui envoyer aussi vite que possible un coursier à scooter, terminant la requête par une phrase aussi stupide que définitive, aussi cruelle qu'exacte : « J'ai des photos de l'explosion du métro. Tu vas voir, elles déchirent. »

12 octobre

Je suis restée un temps indéterminé assise par terre devant la poubelle, le magazine entre les mains. La bombe venait d'exploser pour la seconde fois, mais cette fois à l'intérieur de moi. Exposée, humiliée, violée, l'impression que chaque ami, chaque collègue qui me regarderait, désormais, aurait au fond de la prunelle ce spectacle surréel et répugnant. Je fixais le visage d'Olivier engrammé dans le papier glacé, sa terreur, la façon dont il me tenait contre lui. Ma semi-nudité, sous le regard avide des badauds repoussés derrière des barrières de fer. Une part de moi refusait absolument d'accepter que ces gens fussent nous, qu'un caprice du destin eût ainsi pu nous propulser à la une de ce magazine, l'un des plus vendus en France, dont des milliers d'exemplaires étaient, en ce moment précis, feuilletés dans la salle d'attente des dentistes, des proctologues et des agents immobiliers.

Me relever a déclenché le haut-le-cœur qui couvait et j'ai vomi jusqu'à ce que mon estomac révulsé n'expulse plus que de la bile. Et là, une autre pensée m'a terrassée : internet.

J'ai sorti ma tablette, que je n'avais pas rallumée depuis mes recherches sur « Septembre de la foi », et je l'ai remise sous tension. C'est au moment où Google m'a renvoyé, dans la section « Images », les résultats de la requête « accident métro Odéon » que l'acte deux du cauchemar a véritablement commencé.

J'ai découvert que la photo, diffusée par l'agence Delta, avait été achetée par deux titres de la presse quotidienne nationale et régionale. Elle avait déferlé sur le web. On la retrouvait sur le site des télévisions, des journaux, sur des blogs d'actualité, des réseaux sociaux, et même sur des sites personnels. Les gazettes *people* s'étaient délectées de titres racoleurs, dont Olivier surtout faisait les frais : « La tragédie d'Olivier Bérenger » ; « Un journaliste et sa compagne dans le métro de la mort ». La palme revenait définitivement à *Scoop-Images* qui avait titré « Les amants de la catastrophe ».

J'ai pris le temps de parcourir quelques commentaires, qui allaient de l'apitoyé (« Tout mon soutien à ces gens »), au sottement péremptoire (« Voilà le résultat de la complaisance de la gauche avec les islamistes »). Mais aussi ceux d'un certain nombre de ricaneurs, comme Kévin32 (« la meuf elle a dé bô nichon »), ou de pédants qui prenaient le temps de revendiquer leur droit à l'information « quoi qu'il en coûtât ». Ce à quoi un internaute avait rétorqué, laconique : « Et si c'était ta femme sur la photo, connard ? »

Dans presque tous les cas, le point Godwin était atteint bien avant la fin de la première page.

J'ai dû m'allonger, à nouveau prise de vertige. En regardant le plafond, j'ai soudain compris pourquoi Yves était d'une humeur si massacrante. Il avait vu la photo, bien sûr, puisqu'il avait pris la peine de la cacher. Or, le 19 septembre au matin, je ne lui avais pas dit que je déjeunais avec Olivier, enfreignant une règle claire du fonctionnement de notre couple : toujours savoir où et avec qui.

Bien sûr, au début, j'avais fait à mon mari le récit de mes déjeuners improbables avec cet historien un peu fantasque et la préparation de nos « Histoires d'images ». Jusqu'à ce que je me rende compte que je prononçais trop souvent le nom d'Olivier. Avec trop de chaleur, surtout. Bien que celle-ci fût innocente, les mots me manquaient pour décrire la complicité qui avait crû entre nous, et qui s'accentuait au fur et à mesure des semaines. Peut-être ne l'aurait-elle pas fait, d'ailleurs, si Yves m'avait parlé davantage mais depuis plusieurs mois – peut-être bien plusieurs années, si j'y réfléchis –, mon mari avait choisi de se réfugier dans le silence, *son* silence.

J'avais préféré taire la dernière rencontre. Pour éviter de le blesser.

Et la petite omission, sous le coup des circonstances, était devenue à ses yeux un irréparable mensonge.

En rentrant, Yves m'a trouvée toujours allongée sur le canapé. Le placard était ouvert, le numéro de *Scoop-Images* étalant son obscénité par terre, devant la poubelle. J'ai entendu le bruit des clés, le « bonsoir » qui mourait dans la voix de mon mari en même temps qu'il découvrait le spectacle. Il était pâle.

Il est resté face à moi, encore vêtu de son imperméable humide ; j'ai fait mon possible pour me relever sans grimacer de douleur, ignorant la main qu'il m'avait tendue quelques secondes trop tard. Tout ce que j'ai trouvé à dire pour rompre le silence a été une phrase absurde.

– Je voulais faire du ménage.

– Excuse-moi. Je ne voulais pas que tu l'apprennes comme ça.

Son regard était fuyant. Je lui ai demandé :

– Tu sais depuis quand ?

Il a dégluti, péniblement.

– Ça a paru le surlendemain de l'explosion. Tu étais en réanimation, je ne savais pas quoi faire.

– Et tu comptais me le dire quand ?

– Quand tu irais mieux.

– Pourquoi les autres ne m'en ont pas parlé ?

– C'est moi qui leur ai demandé de se taire.

J'ai compris au ton de sa voix que cette omission, ou cette lâcheté, lui avait coûté.

– Yves, qu'est-ce qu'on va faire ?

Mon mari s'est assis lourdement en face de moi, sans ôter son imper. Il a soupiré et a lâché d'un ton amer :

– Rien. On ne peut rien faire de toute façon.

Je le connaissais assez pour savoir que sa blessure à lui était ailleurs, ailleurs que dans le dévoilement de mon corps dénudé.

– Yves, ce qui est marqué dans ce torchon, c'est n'importe quoi. C'était juste un déjeuner, comme les autres fois.

Yves a levé les yeux vers moi. Et rarement je me suis sentie aussi seule qu'à ce moment-là, quand j'ai lu dans le regard de mon époux, mon propre époux, ce qui, j'en jurerais, ressemblait à de la commisération, mêlée d'une pointe de rancœur froide. J'ai ravalé le hoquet qui recommençait à secouer mon estomac et repris :

– On va les attaquer en justice. Ils n'ont pas le droit de publier ça.

Yves a répondu d'une voix désabusée :

– J'ai demandé à Arnold. La procédure va nous coûter les yeux de la tête. Droit de l'information. Les gens comme toi et moi n'ont pas les moyens d'attaquer *Scoop-Images*, Héloïse.

– Mais on a des chances de gagner, non ?

Nouveau soupir.

– On a aussi des chances de perdre. Et un appartement à rembourser.

Ce défaitisme me mettait hors de moi. Si j'avais été capable de le faire, j'aurais secoué Yves aux épaules, jusqu'à lui faire dire ce qu'il avait sur le cœur, plutôt que d'entendre ces phrases sèches et résignées. Je lui ai dit :

– Et notre dignité, alors ?

Il s'est détourné de la contemplation du sol. À nouveau, la lueur ambiguë dans ses yeux.

– *Ta* dignité, Héloïse. Ce n'est pas moi qui ai été photographié.

Puis il a esquissé une sorte de grimace avant de lâcher ce qui le rongeait.

– Moi, je suis le cocu invisible.

– Mais qu'est-ce que tu racontes ?

Il s'est levé.

– Rien. Laisse tomber.

Mon mari a tourné les talons et a juré en trébuchant sur une paire de baskets abandonnée au milieu du salon. Je suis restée là, sidérée. Ses paroles avaient été plus brutales qu'une gifle. La nouvelle, la photo, la dispute, tout allait trop vite. J'ai eu l'impression que la vie tout entière se dérobait sous moi, comme une baïne qui se vide en entraînant les nageurs dans son courant mortel.

Ce vertige-là, je le reconnaissais pour l'avoir déjà éprouvé. La voix de ma mère, un soir d'avril, faisant de son mieux pour me rassurer. Elle m'avait promis que tout irait bien, qu'elle serait sortie de l'hôpital pour mon retour. J'avais voulu la croire et j'étais allée passer l'épreuve de version du concours général, tenaillée par l'angoisse et le désir de réussir pour qu'elle soit fière de moi. Le lendemain matin, le coup de fil de mon père au couple de ses amis qui m'hébergeaient, leur regard à tous les deux, braqué sur moi, et leur silence soudain, surnaturel. J'avais su à cet instant que c'était fini. Seize ans, et la brutale conscience de l'horizon qui se ferme, les muscles tendus, chaque souffle consacré à l'unique et épuisant effort de résister à la déferlante, dedans. Je n'avais plus jamais traduit une ligne de grec.

Mais, ce soir, le chagrin était d'une autre teneur. Il avait la couleur de l'impudeur : flashes, images crues d'une intimité disséquée au scalpel méchant de la presse à scandale, ses morceaux de chair palpitant dans la lumière ; portrait cruel d'après blessure, viande photographique sur laquelle s'agglutinent les regards comme des mouches obsédantes en appétit de malheur, aiguillonnées par l'archaïque goût du drame.

Dans le métro, ce matin-là, j'avais laissé ma sérénité, mon anonymat, ma santé. J'avais perdu une amitié qui m'était précieuse entre toutes. Maintenant, c'est mon mari que je voyais partir au large. Un instant, j'ai eu la certitude affolante que plus rien de tout cela n'était réparable.

J'ai écouté le silence. Ravalé ma nausée et regardé mon écran d'ordinateur, cet écran derrière lequel des serveurs dupliquaient désormais à toute vitesse notre image d'êtres abîmés. Je n'étais plus que colère et honte, honte et colère, brûlée par l'outrage. J'ai su alors que je n'aurais plus de répit, jamais, avant d'avoir trouvé le moyen d'y répondre. Et s'il n'existait pas, j'étais résolue à l'inventer.

Histoires d'images

Daniel Stocker, cinquante-trois ans, imprimeur (Strasbourg)
9 novembre 2011

Bien sûr, je me souviens de ces photos. Quand je les ai vues ? Jeune, trop jeune, je crois. Mais mon père était communiste, il voulait que je « sache ». Au début, j'étais incapable d'identifier ce que je voyais. Puis j'ai reconnu les jambes, les pieds. Le sexe, tout recroquevillé au milieu de la peau et des os. J'ai compris que c'étaient des êtres humains. C'était horrible.

J'ai demandé à mon père ce qu'on leur avait fait : il m'a dit qu'ils étaient morts de faim et d'épuisement, en Allemagne et en Pologne. Ça m'a terrifié d'entendre ça. Pour moi, l'Allemagne, c'est le pays où j'allais en voyage avec l'école, à peine à une heure et demie de train de Strasbourg. Et là, je comprenais que tout près de la France, ça s'était passé.

J'avais treize ans, j'ai fait des cauchemars pendant plusieurs semaines. Je voyais la nuit des crânes vides perchés sur ces corps, ces squelettes ambulants. Je rêvais que j'étais prisonnier dans un camp, que je devenais à mon tour un cadavre.

Si mon père a eu tort ? Non, je ne pense pas. C'était encore récent, vous savez, la guerre, tout le monde était obsédé par la peur que ça recommence. J'ai longtemps pensé que les Américains avaient eu raison de faire ces photos. Qu'elles étaient abominables, mais qu'elles prouveraient à l'Histoire que les gens ne mentaient pas, quand ils raconteraient, après. Aujourd'hui, je me rends compte qu'on s'en méfie, comme de toutes les images. Et qu'elles n'ont pas empêché l'autre vieux borgne de parler de point de détail à la télé.

Moi, j'ai préféré ne pas montrer ces images à mes enfants. Je pense qu'eux les auront vues à l'école, et mes petits-enfants, sûrement, les verront sur internet.

Je ne sais pas ce qu'elles signifieront pour eux.

12 octobre

Le lendemain de l'épisode de Bel-Air, je suis parti pour l'Irlande. J'ai tout laissé derrière moi, l'ordinateur, et même le téléphone.

La vérité, c'est que je n'en peux plus. La gentillesse de Karine me pèse, le silence d'Héloïse me mine. En revanche, les journalistes, eux, ne se gênent pas. Ils me harcèlent de courriels, sans parler des internautes qui se répandent sur les forums, de ceux qui twittent et retwittent n'importe quoi. Au début, je lisais encore les messages d'encouragement des téléspectateurs que Thomas et Gwenaëlle, mes assistants pour « Histoires d'images », me faisaient passer. Mais je n'avais pas trouvé la force d'y répondre. J'ai aussi suspendu le compte Facebook que je consultais sans arrêt avant, un vrai tic – au point qu'Héloïse m'avait surnommé « Cybernarcisse ».

Cette cohorte de mots remplis de compassion, ces félicitations pour mon supposé héroïsme, au milieu desquelles, pour faire bonne mesure, je tombe régulièrement sur les menaces de dingues et de malveillants, me dégoûtent. Des inconnus demandent à tout bout de champ à être mes « amis ». De l'odeur du sang ou de la propension à la pitié, je ne sais ce qui les attire le plus.

On dirait que la photo de *Scoop-Images* nous a englués dans une toile de malheur et qu'ils semblent avoir un plaisir fou à nous y contempler, tous. Une productrice de télévision m'a même demandé de participer à une émission sur le thème « Attentats : traumatisme et résilience ». Elle espérait sûrement du drame bien frais et quelques larmes. Gros plan sur les mains crispées, voix tremblante, regard humide. Je les connais par cœur, leurs trucs. Sans moi, maintenant.

Dans l'avion à moitié vide, je n'ai pas lu les journaux, pas sorti de livres, pas dormi. Juste écouté de la musique, dans l'ordre où le lecteur me la présentait. Philip Glass tournoyait dans mon casque, hypnotique, sous les doigts des sœurs Labèque, je regardais par le hublot, avec l'impression d'être le fugitif de ma propre vie.

Niall m'attendait à Dublin. Il m'a serré la main en me gratifiant d'un *Hi* laconique. Mon ami est connu pour ne devenir loquace qu'à partir d'un certain nombre de pintes de Guinness. Sa voiture était comme dans mon souvenir, boueuse à l'extérieur, impeccable à l'intérieur. Nous avons pris la route pour Galway, vers l'ouest. C'est là qu'il me prête un appartement, pour le temps que je voudrai.

La campagne d'automne était grise, détrempée. Mais cela n'ôtait rien à sa beauté. Au contraire, le vide des prés et des collines était exactement ce qu'il me fallait pour laver mon esprit de son trop-plein d'images. Il faisait chaud dans l'habitacle. Je me suis endormi en regardant le soir descendre sur la succession monocorde des vallons et des troupeaux de brebis. Quand je me suis réveillé, Niall garait la voiture au pied de l'immeuble.

Dans l'appartement, le froid régnait en maître. Mon ami a poussé le chauffage au maximum pour chasser l'humidité qui saturait l'air. Il a déplié les draps et la couette. M'a demandé si je voulais manger un morceau. Affirmatif.

Au pub, j'ai liquidé mon assiette d'agneau à la menthe en quelques minutes. Le sale goût de métal que je traîne souvent dans la bouche ces temps derniers avait disparu. Sensation curieuse de retrouver la saveur, l'odorat, l'ouïe. Je me sentais en sécurité, anonyme parmi la rumeur irlandaise des conversations. Nul ne me regardait. La peur qui me suivait partout à Paris et qui me collait à la peau avait lâché prise.

Niall allait chercher des bières à intervalles réguliers. Je les éclusais l'une après l'autre. Il ne m'a rien demandé et je ne me rappelle plus très bien ce que je lui ai raconté. J'ai dû parler de Karine, de mon émission, du photographe, *this guy is a fucking bastard and when I return to Paris I'll kill this asshole.* Peut-être que j'ai parlé d'Héloïse. Forcément d'Héloïse. Je crois que j'ai battu ce soir-là mon record personnel en matière de soûlographie. Le reste de la soirée est tombé dans un trou noir, et je n'ai aucun souvenir du retour à l'appartement, ni de m'être déshabillé et couché.

À mon réveil, mon ami n'était plus là, mais il avait laissé des clés sur la table, des muffins, de la confiture et des sachets de thé.

En baie de Galway, où je suis allé purger mes vapeurs alcooliques, le vent soufflait dru, la plage était glaciale. Sa solitude, la majesté des paquets d'eau et de leur brasse lente mettaient ce qu'il fallait de silence, de distance, entre le désordre qu'était devenu ma vie et moi. J'ai couru pendant plus d'une heure sur le chemin qui longe le front de mer. C'était mon premier véritable effort depuis le 19 septembre. La brûlure de l'air au fond de mes poumons, la douleur piquante des muscles en surchauffe faisaient du bien. À chaque foulée, j'expulsais le souvenir de la fumée, l'odeur de fer et de caoutchouc brûlé, les cris. De retour à l'appartement, je me suis effondré. Et pour la première fois depuis des semaines, j'ai dormi sans somnifère.

Des jours durant, je me suis contenté de cette solitude sans objet. La course le long de la plage déserte, les dîners d'agneau à la menthe et de dinde fumée au pub, la bière. Le reste du temps, je marchais jusqu'à Claddagh, je flânais dans

Quay Street et je feuilletais la gazette locale. Mes connexions diverses, sans lesquelles je n'aurais pas imaginé survivre un mois plus tôt, ne m'ont pas manqué une seule seconde. Je ne voulais plus rien savoir du monde, de ses morts, de ses meurtres. J'étais un homme dépourvu d'histoire, et j'aurais aimé que cette amnésie durât indéfiniment.

Dans mon sac à dos, je n'avais glissé qu'un livre, de ceux qu'on laisse des années dans sa bibliothèque sans avoir le courage de les ouvrir. *Un balcon en forêt*, de Julien Gracq. J'y ai plongé comme on se laisse glisser dans l'eau. Ce récit de violence cachée, celle-là même dont je venais d'apprendre la langue à mes dépens, aurait maintenant pu être le mien. J'avais besoin du secours de ces mots, ces images de forêt, de lumière pâle, quand la drôle de guerre gronde à bas bruit autour des hommes avant de se déchaîner. Je lisais le volume sans hâte, soir après soir, en découpant les pages encore scellées avec un couteau de cuisine. Quand je pensais à Héloïse, son image se confondait, dans mes rêves, avec celle de Mona, la femme de la forêt.

J'ai eu l'idée de faire des photos de la baie pour les lui envoyer au retour. Une façon apaisée de reprendre contact. Mais toutes mes images étaient ratées, mal cadrées ou sous-exposées. Je regardais mon Nikon miniature, son œil argenté et muet. À première vue, quelques grammes d'électronique aimable, conçus pour fixer des paysages, des monuments, des tableaux de famille, attraper des sourires, des chats ou des visages d'enfants ; dans les faits, une possible arme de guerre, capable de broyer les gens comme nous, ceux qui s'étaient trouvés là où il ne fallait pas.

L'ordalie s'imposait. J'ai extrait la carte mémoire et l'ai laissée tomber dans l'eau. Une vague l'a aussitôt avalée. Un peu plus loin, j'ai abandonné l'appareil sur un banc. Pas de photos. Plus de photos.

15 octobre

Depuis la découverte du magazine, je ne dors plus. Je passe mes nuits sur internet à traquer les occurrences de la photo, les commentaires. Alors que je refusais tout contact avec ce maudit réseau, je me suis même inscrite sur Facebook sous un faux nom, afin d'accéder aux pages qui parlent de nous. J'ai entré d'autres mots-clés, d'autres événements, et constaté que j'étais loin d'être la première à faire les frais de l'hydre médiatique. « Histoires d'images » me l'avait déjà enseigné, mais je n'aurais jamais imaginé me retrouver un jour de l'autre côté de la barrière. Je tourne et je retourne dans ma tête la possibilité de consulter un autre avocat, car je veux contre-attaquer. Tant pis pour ce qu'en dira Yves.

Qu'est-ce qu'Olivier a éprouvé en voyant cette photo ? Et pourquoi ne m'en a-t-il pas parlé ? Il a dû penser que je savais ; comment se serait-il douté qu'on m'avait caché *ça* ? De toute façon, je ne vois pas, moi non plus, quels mots poser sur cette image, dont je comprends maintenant qu'elle est en train de tout faire trembler autour de nous. Désormais, je sais ce qui s'est passé *après*. La honte me submerge à l'idée que mon ami m'ait vue dans cet état. Le revoir me semble au-dessus de mes forces. Alors je laisse la gangue du silence s'épaissir, s'ossifier, nous séparer.

Durant mes nuits d'errance internautique, je fais des découvertes, aussi. J'ai ainsi repéré l'existence d'officines d'un nouveau genre, les agences d'« e-réputation ». Moyennant finance, elles se proposent de faire disparaître de la surface de la toile un certain nombre d'informations compromettantes. Ex-hardeurs, anciens évadés fiscaux, chanteurs toxicomanes repentis... Ils possèdent certainement aussi une option pour les victimes de faits divers clouées au pilori par la presse *people*.

L'oubli numérique semble avoir un prix, cependant, et je ne vais pas tarder à savoir lequel.

C'est épuisée par mes insomnies en ligne, contre lesquelles Yves grommelle chaque nuit (« Éteins-moi cette satanée tablette ») que j'ai accepté d'effectuer dimanche prochain ma première sortie hors de la maison depuis le retour de l'hôpital. Et quelle sortie : Rambouillet.

Certes, à Rambouillet, il y a la forêt, les promenades et les petits oiseaux. Mais il y a aussi Gabriel et Nicole, les parents d'Yves. Et surtout, il y a sa sœur, Fabienne.

Au fond, on devrait pouvoir abolir les belles-familles ; ou, en tout cas, se dispenser de fréquenter certains de leurs ressortissants. Je n'ai jamais aimé Fabienne et elle me l'a toujours bien rendu. Elle méprise mon métier, mes études d'histoire, qui me rangent dans la catégorie honnie des « intellos » ; je n'ai que peu d'estime pour ses préoccupations de matrone, toujours au ras du pot de pâte à tartiner dont elle goinfre son insupportable marmaille. Le fait que je n'aie pas encore « donné d'enfant » (c'est l'expression qu'elle emploie) à son frère est à ses yeux la preuve d'un égoïsme impardonnable. Je me retiens de lui rétorquer que, de ce point de vue, elle travaille pour deux : six enfants, les deux derniers fabriqués dans le dos de son mari, un pauvre hère qui finira par craquer, ce qui sera, je n'hésite pas à le dire, bien fait pour elle – et dommage pour les petits.

Grâce à elle, les repas de famille se transforment presque toujours en pugilat. Pour ce qui me concerne, je ne vais là-bas que par solidarité avec mon mari, qui est proche de son père ; pour ma nièce Fanny aussi. La quatrième-née, une fillette timide et secrète, passionnée par le dessin, que rudoient ses trois brutes de frères aînés. Plusieurs fois par an, elle vient en vacances ou en week-end chez nous, pendant que les garçons s'en vont faire les casse-cou au ski ou en randonnée. Yves lui achète des crayons de couleur à la papeterie, la plus grosse boîte ; je l'emmène au musée d'Orsay et, au retour, nous nous arrêtons chez Jean-Noël, qui lui prépare un grand chocolat chaud. J'aime la présence de cette enfant, ses yeux méditatifs ouverts sur le monde, sa petite main qui serre la mienne pendant que je lui lis des contes de fées.

Moi, les enfants, j'aurais bien aimé. C'est Yves qui ne veut pas. Il a mis du temps à trouver un poste qui lui convienne. Depuis peu, il dirige une équipe franco-américaine. Il tient à sa liberté d'aller et venir. Il rêve de s'installer aux États-Unis, où il pourrait demander son affectation, et il voudrait que je le suive.

Même pour prendre les chats, j'ai dû me bagarrer. Encore aujourd'hui, il peste contre les contraintes, les poils sur les vêtements et, depuis quelques semaines, contre les corvées de litière qui lui échoient. Il trouve que j'aime trop ces animaux, que je leur passe tout. Il a peut-être raison.

Quand j'ai été titularisée, au ministère, je lui ai proposé qu'on se décide pour l'enfant. Après tout, nous avions une situation stable, un appartement sympathique, une vie plutôt agréable. Mon mari m'a dit : « On verra. » L'année suivante, il attendait une promotion, et j'ai patienté avant de reposer la question. Après son obtention, Yves m'a dit : « Si tu veux, mais pas tout de suite. » *Si tu veux.* Je préférerais vraiment ne pas être la seule à vouloir, mais je me fais de moins en moins d'illusions. Ma belle-sœur, qui a eu vent des réticences de son frère, m'a dit un jour au détour d'une porte : « Une pilule, ça s'oublie. » Cette fille est ignoble.

Depuis l'accident, Fanny m'avait téléphoné à deux reprises. Ou plus exactement son grand-père avait composé le numéro pour elle et elle m'avait parlé. Elle me demandait pourquoi le métro avait explosé, si j'avais mal. La deuxième fois, elle m'avait dit : « Il faut que tu guérisses vite. » J'avais envie de la revoir, ma Fanette. Je me suis dit que, peut-être, le geste d'aller à Rambouillet la semaine suivante, d'affronter ma belle-sœur (que je surnomme mentalement la Gorgone), vaudrait pour Yves comme un signe d'apaisement après l'affaire de la photo.

Ce fut un mauvais calcul.

21 octobre

J'aurais donné cher pour ne pas reprendre cet avion. Ne pas retrouver Paris, les regards, l'angoisse et les nuits sans sommeil. Mais le message de Niall, au pub, était sans équivoque : la police française voulait me voir de toute urgence. Ils s'étonnaient que je sois parti sans téléphone.

À l'aéroport, j'ai retrouvé Karine, encore en uniforme. Elle débarquait tout juste d'un vol transatlantique. Je l'ai embrassée. Et j'ai réalisé en la voyant que je n'avais pas pensé à elle une seule fois pendant que j'étais là-bas.

À Dublin, j'avais jeté à la hâte une carte postale dans la boîte, une seule. Un paysage verdoyant, banal, et quelques mots insignifiants dont je n'étais pas fier. Disons que c'était mieux que rien.

Karine m'a désigné un homme et une femme qui m'attendaient un peu plus loin. Elle m'a de nouveau embrassé, sur la joue, cette fois, avec beaucoup de douceur. À cet instant, j'ai su que, quel que soit le temps qui nous restait à passer ensemble, c'en était fini de notre couple. J'aurais voulu la prendre dans mes bras, esquisser un geste de réconfort. Mais déjà mon comité d'accueil avançait vers nous.

L'homme et la femme se sont présentés. Capitaine Sitruk et lieutenant Jaeger, de la brigade antiterroriste. Est-ce que j'acceptais de les accompagner dans leurs locaux ? Je ne les sentais pas hostiles, mais pas bienveillants non plus.

– Vous m'arrêtez ?

La femme, Jaeger, a souri, un peu.

– Non, monsieur. Mais nous avons besoin de vous pour identifier un suspect. Le plus vite possible.

Dans la voiture, ils m'ont interrogé sur mon voyage en Irlande. Qu'est-ce que j'étais parti faire là-bas tout seul ? Rien, justement. Le gyrophare fendait en silence la masse compacte des voitures sur le périphérique, et je tentais d'identifier le lieu où ils m'emmenaient. J'ai reconnu les marronniers du boulevard Arago, plus loin l'entrée du Val-de-Grâce, où Héloïse et moi avions été hospitalisés. Nous sommes arrivés devant un bâtiment brun et laid. L'entrée était aussi repoussante que la façade. Un grand hall, gardé par deux plantons, puait le désodorisant industriel, un parfum de fraise chimique qui agressait les narines jusque dans l'ascenseur.

Au cinquième étage, les deux policiers m'ont piloté à travers un dédale de bureaux et de couloirs. Ils m'ont mené jusqu'à une pièce aveugle, qui s'ouvrait sur une vitre sans tain, comme dans les films. De l'autre côté, un garçon était assis, la tête enfouie dans ses mains. Au bout d'une minute ou deux, il a relevé la tête.

– Vous le reconnaissez ? Allez-y, il ne peut pas vous voir.

J'ai bien regardé. Son visage m'était familier, même si son nom ne me revenait pas. Je l'avais eu en cours. Travaux dirigés d'histoire contemporaine, ça j'en étais sûr.

– C'est un de mes étudiants d'il y a deux ans... Attendez... Perrec ou Perrac...

– Sylvain Perhacs. Il est soupçonné d'être impliqué dans l'explosion.

Difficile d'imaginer que ce grand gaillard, plutôt dissipé et rigolard, pour le peu que je me rappelais, était pour quelque chose dans l'explosion. Nous sommes repassés dans un bureau, et Sitruk a posé devant moi une tasse de café dans un gobelet de plastique. Le breuvage était cuit, infect. Il m'a demandé si je connaissais un mouvement appelé les Désafficheurs. Jamais entendu parler. Si j'avais des liens avec Erwan Le Guéhennec, le garçon qui s'était fait exploser dans le métro. Lui non plus, jamais entendu parler. Jaeger m'a à nouveau questionné sur mes liens avec Perhacs. Lui avais-je téléphoné ? Non. M'avait-il jamais appelé ? Non plus. Avais-je parfois des conversations politiques avec mes étudiants ? J'ai préféré répondre que non. Cet interrogatoire en règle commençait à m'irriter. Jaeger s'en est rendu compte, car elle a changé de sujet, revenant à Perhacs.

En fait, j'avais peu de souvenirs de ce garçon. J'ai demandé à consulter ses notes sur le serveur de la fac depuis l'ordinateur d'un officier. C'était un étudiant plutôt médiocre, qui avait échoué à la première session ; il avait surtout brillé chez moi par son absence. Le seul élément qui m'est revenu en mémoire est qu'il avait présenté un exposé sur Guillermo Zorgen, un militant d'extrême gauche mort dans les années 1970. Pour une fois, cela lui avait valu une bonne note. La précision a eu l'air d'intéresser Jaeger et Sitruk.

Ils ont repris leurs questions. Où allais-je ce matin-là ? Qui était cette femme qui m'accompagnait ? J'ai dû donner le nom d'Héloïse, l'épeler, même. La conversation prenait à nouveau un tour désagréable. Avec l'impression d'être un acteur de série B, j'ai demandé aux policiers si je devais appeler mon avocat. Je n'en ai pas, mais ces deux-là ne sont pas censés le savoir.

– Non, monsieur, m'a dit Sitruk. À moins que vous ayez quelque chose à vous reprocher.

J'ai regardé les deux policiers, estomaqué.

– Vous plaisantez, ou quoi ?

– Nous faisons simplement notre travail.

Ils m'ont ensuite interrogé sur de possibles ennemis, ou des menaces reçues dans le cadre de l'émission. Là encore, à part quelques nostalgiques de l'OAS qui se fendaient de lettres d'insultes rédigées dans un style venimeux et vieillot, rien à signaler. Toutefois, je sentais que ces questions étaient de pure forme. C'est Perhacs qui les intéressait. Ils m'ont laissé seul dans le bureau quelques instants et sont revenus.

– Vous pouvez y aller, monsieur Bérenger.

– Pourquoi vous m'avez fait venir ?

Sitruk a dit :

– Le juge d'instruction vous expliquera.

Sa collègue, me voyant pâlir, a ajouté d'une voix un peu plus amène :

– Dans le cadre de l'information aux victimes. Vous n'êtes soupçonné de rien, mais vous avez eu en cours quelqu'un qui connaissait le poseur de la bombe. Forcément, nous cherchons le lien. Si vous voulez, quelqu'un peut vous raccompagner chez vous.

– Laissez, ça ira.

Je suis sorti furieux du commissariat. Furieux et déstabilisé. Ainsi ceux qui nous avaient frappés n'étaient pas des fanatiques inconnus, de lointains exaltés, mais des étudiants, des gens avec qui j'avais parlé, travaillé, peut-être plaisanté. J'ai regardé le ciel, qui se chargeait de nuages de pluie froide, les façades de ce Paris si familier, si immuable : ma vie quotidienne et son tissu d'habitudes m'a fait l'effet d'un décor pourri et lézardé, posé directement sur la bouche des enfers.

21 octobre

À Rambouillet, ils se sont à peu près bien tenus, tous, jusqu'au dessert. Fanny est venue me faire un bisou, intimidée. Elle a touché mon plâtre au poignet : « Ça te fait mal ? » Je lui ai répondu que non, et je suis restée d'une immobilité de statue pendant qu'elle dessinait une fleur sur le blanc avec un feutre violet, en tirant la langue sous l'effet de la concentration. Fabienne, elle, fixait ma main droite immobilisée avec sans-gêne, et n'a pu s'empêcher de me gratifier de l'une des puissantes réflexions dont elle a le secret.

– T'as de la chance, t'aurais pu rester estropiée.

J'ai failli lui dire que j'étais désolée, que j'avais pourtant fait de mon mieux. Mais j'ai ravalé mon sarcasme. À quoi bon ? Ma belle-sœur est bête, bête et méchante.

Surtout méchante, d'ailleurs.

Ce n'est qu'après le millefeuille glacé à la framboise – assez acrobatique à manger avec un bras dans le plâtre –, après que les enfants se sont égaillés dans la maison, qu'elle est *vraiment* passée à l'attaque. Le saint-émilion qu'elle avait ingurgité pendant le repas l'avait mise en verve.

– Alors, ça fait quel effet, d'avoir sa photo dans *Scoop-Images* ?

J'ai senti mon visage se contracter et mon beau-père a tenté de s'interposer.

– Fabienne, s'il te plaît...

Elle l'a regardé avec son sourire mauvais.

– Ben quoi, papa, je pose juste une question. On peut encore parler, non ?

Elle a repris, la voix fielleuse.

– Non, je te demande parce que, tu vois, moi, ça m'a fait drôle de tomber sur ma belle-sœur chez le coiffeur, comme ça, en couverture.

J'ai grimacé.

– Et moi donc.

Yves fixait une framboise dans son assiette comme si sa vie en dépendait, ma belle-mère était partie à la recherche d'un torchon imaginaire, tandis que Cyril, le mari de Fabienne, s'était plongé dans la consultation frénétique de l'écran de son téléphone. Seul le regard de mon beau-père a croisé le mien. J'y ai lu beaucoup de gêne et encore plus d'impuissance. La Gorgone ne nous a pas laissé le temps de souffler.

– Et ce mec de la télé, là, tu le connaissais ? Tu fais des émissions avec lui, à ce qu'y paraît ?

Pas le genre que tu puisses comprendre, ai-je songé. Le style de ma belle-sœur l'aurait plutôt portée vers « Confessions sur mon divan ».

– C'est un historien. Je l'aide pour la préparation.

Évoquer Olivier devant elle a été une souffrance inattendue, comme si j'étais en train de comparaître devant un tribunal sordide qui salissait tout ce qu'il jugeait. Je me suis obligée à penser à Fanny. Ne pas me fâcher mortellement avec son imbécile de mère.

– Et vous les prépariez dans le métro, vos émissions ?

Mon beau-père a tenté une seconde fois de détourner le tir.

– Fabienne, on peut peut-être parler d'autre chose, maintenant.

Le ton est monté immédiatement :

– Ah, parce que tu prends son parti, maintenant ?

– Je ne prends le parti de personne. Yves et Héloïse ont eu assez d'ennuis ces derniers temps, c'est tout.

Les traits de la Gorgone se sont durcis, la faisant paraître encore plus laide qu'elle ne l'est.

– Et cocufier mon frère au vu et au su de tout le monde, ça, elle peut ?

Je me suis sentie blêmir et chacun autour de la table est resté interdit. Teigneuse, hargneuse et un peu ivre, ma belle-sœur tenait une occasion unique de me régler mon compte. Elle n'allait pas la laisser passer.

– Yves, tu devrais réfléchir. Tu vas rester avec quelqu'un qui te ment comme ça ?

Le silence qui a suivi a été, c'est le moins qu'on puisse dire, gênant. Je regardais mon mari, qui regardait toujours son assiette. Personne ne pipait mot. Enfin, Yves a abandonné l'étude de sa framboise et a relevé les yeux.

– Tu nous emmerdes, Fabienne. Tu nous emmerdes depuis le jour de ta naissance, en fait.

La Gorgone est restée interdite pendant quelques secondes. J'ai profité de l'effet dc surprise qui s'en est suivi pour empoigner ma béquille.

– Yves, on rentre.

Ma belle-mère a bégayé quelque chose à propos du café que nous n'avions pas pris : embarrassée par le coup d'éclat de sa fille, un peu, mais je n'aurais pas juré qu'elle le désapprouvait. Mon beau-père, lui, était pâle, et Yves avait déjà remis son blouson, sans un mot. Fabienne jubilait. Elle me toisait, l'œil revanchard, savourant les effets de son coup bas.

Dans l'entrée, Gabriel, mon beau-père, m'a aidée à passer mon manteau. Je le sentais consterné, cherchant des mots d'apaisement qui ne venaient pas. Moi je faisais de mon mieux pour retenir mes larmes. Pas question de me donner en spectacle devant eux tous. C'est alors que j'ai vu la petite frimousse de Fanny, qui avait surgi sans un bruit. Elle se tenait devant moi.

– Tu es fâchée ?

Je lui ai souri tant bien que mal.

– Pas contre toi, ma belle. Jamais contre toi.

– J'ai pas fini mon dessin, tu sais.

Son air catastrophé me faisait de la peine. De ma main valide, j'ai saisi sa menotte constellée de taches de feutre et je l'ai embrassée.

– C'est pas grave, ma chérie. Tu me le donneras quand tu viendras à la maison.

En disant cela, j'ai prié pour que l'esclandre ne serve pas de prétexte pour nous priver de la présence de la petite. À cet instant, je ne sais pourquoi, j'ai pensé au photographe qui avait pris le cliché pour *Scoop-Images*. À celui qui avait fichu ma vie en l'air avec la même facilité qu'on pousse une rangée de dominos. Combien avait-il monnayé le prix de mon existence : mille, deux mille, dix mille euros ? Il lui avait fallu moins d'une seconde pour appuyer sur le déclencheur ; mais, à moi, cela prendrait des mois, des années peut-être, pour réparer les dégâts, si tant est qu'ils soient réparables.

J'ai soudain compris pourquoi je reculais devant l'idée de retourner au travail. Plus jamais je ne verrais la souffrance humaine du même œil. Quand je manipulerais une archive de guerre, je serais toujours, désormais, du côté de la victime.

Histoires d'images

Serge Candelier, cinquante-sept ans, cadreur (Paris)
25 mars 2012

Cette image est bouleversante, bien sûr. Horrible, même. La légende dit qu'elle a été prise à Mostar, en Bosnie, le 3 août 1993, par un certain Mark Milstein. Mais franchement, elle pourrait avoir été prise n'importe où, vu tout ce qui se passe dans le monde. Un enfant de quatre, cinq ans, couché. Il est d'un calme bizarre (il doit être choqué), en train de se faire soigner aux urgences de l'hôpital. La légende dit qu'il a été victime d'un tir de mortier qui a explosé devant sa maison.

Ça peut vous paraître étrange, vu la nudité, le sang partout et le regard affolé de l'enfant, mais, pour moi, cette photo, elle est pudique. Extrêmement pudique. Parce que, ce qu'on voit, surtout, ce sont les trois paires de mains autour du petit. D'abord celles de son père, sûrement, avec ses manches de chemise maculées de sang. L'une est posée sur la tête de son petit garçon, comme si elle voulait l'envelopper complètement. De l'autre côté, un avant-bras musclé, celui d'un gaucher qui glisse un ustensile dans l'oreille du garçonnet pendant que la main droite, ferme et précautionneuse, maintient la tête immobile. Les doigts du médecin doivent rencontrer ceux du père dans la chevelure de l'enfant.

Au premier plan, encore des mains d'homme, d'homme adulte : un frère ? un cousin ? un voisin ? Salement blessé, c'est sûr, sa main gauche est couverte de plaques de sang séché. Elle effleure le poignet du petit, délicatement, comme retenue par la peur de lui faire mal. L'autre main, aussi souillée que l'autre, porte la trace noirâtre d'une brûlure, ou d'une coupure, au niveau du poignet. Ça ne l'empêche pas d'avoir recouvert le minuscule poing fermé que l'enfant crispe sur son ventre nu, de l'étreindre complètement, dans un geste de protection totale.

On dit parfois des gens qu'ils sont entre de bonnes mains. C'est le cas de ce petit bonhomme, je crois. Bien sûr, on voit son masque de souffrance, la peur dans ses yeux, son visage qui n'a plus d'âge. La souffrance, ça vieillit d'un coup. Mais on voit surtout le cercle des mains autour de lui. Comme si elles disaient : ne t'inquiète pas, on ne te laissera pas mourir. Comme si elles faisaient une herse, un rempart contre la guerre.

Est-ce que les photographes doivent montrer des choses pareilles ? Je ne sais pas. Parce que qu'est-ce qu'on en savait, nous, de la guerre en Yougoslavie, à l'époque ? Est-ce qu'on s'y intéressait seulement ? C'étaient des conflits ethniques, des rivalités balkaniques obscures. On disait au J. T. : « Sarajevo est à trois heures de Paris », et on s'en foutait. Après, il y a eu Srebrenica, les charniers. Je me rappelle les images des villages incendiés au journal. Les vieillards habillés d'une couverture qui regardent leur immeuble brûler. Les corps couchés sur les trottoirs. Des tas de chiffons morts.

Je serais incapable de faire ce que ces hommes ont fait. Ils sont allés risquer leur peau, entre les bombardements et les tirs de snipers, juste pour nous rapporter des images. C'est grâce à eux qu'on a vu le visage des criminels, qu'on a compris comment la guerre souillait les femmes, violentait les vieillards, saccageait le corps des enfants. Ces photos nous disaient, à nous autres Européens : ouvrez les yeux. Il est temps que vous fassiez quelque chose.

21 octobre

Une fois rentré à la maison, où Karine m'attendait, j'ai rallumé le smartphone et consulté mes messages. Héloïse m'avait écrit huit jours plus tôt, très exactement deux heures après mon départ. Elle me disait qu'elle avait découvert la photo. Sans autre commentaire.

« Découvert. » C'est donc bien qu'on la lui avait cachée. Je m'en suis voulu à mort d'avoir laissé mon téléphone derrière moi. Elle avait dû attendre tous les jours une réponse qui n'était pas venue. Une fois de plus, nous étions comme deux nageurs emportés par des courants contraires.

Mon directeur des programmes aussi m'avait écrit (« puisque vous ne répondez pas au téléphone ») et me convoquait pour lundi matin, c'est-à-dire demain.

Je suppose que Sassenage veut savoir à quoi s'en tenir sur ma date de retour. Pour l'instant, la production de l'émission a été suspendue. Et grâce à *Scoop-Images*, ainsi qu'aux torchons qui ont cru bon de commenter mon traumatisme, ma dépression, voire ma mort prochaine, tout le monde sait pourquoi. Sauf qu'il ne reste qu'un numéro dans la boîte et je suis en retard d'au moins un mois sur la préparation du suivant.

Ce ton impérieux ne me disait rien qui vaille.

J'ai passé le reste de la soirée à tournicoter dans le salon, en tentant de rassurer Karine, que ma convocation policière avait beaucoup inquiétée. Une part de moi pensait à Héloïse découvrant la photo, l'autre se demandait à quelle sauce j'allais être mangé le lendemain. J'ai fini par prétexter la fatigue du voyage pour m'isoler dans la chambre. J'en ai profité pour passer un SMS. Difficile de faire mieux, avec ces cloisons minces comme du papier à cigarettes.

Comme je le craignais, le retour était oppressant.

Par terre, la presse des derniers jours, que ma compagne a coutume de rapporter de l'aéroport. En balayant du regard les journaux épars, je suis tombé sur un titre du *Parisien*. « Commémoration du métro Odéon : échauffourées entre familles et journalistes. » J'ai lu l'article. Un homme excédé s'en était pris à plusieurs reporters après la cérémonie où j'avais renoncé à aller, et les avait molestés. On voyait un grand gars, l'air furibond, pas vraiment à son avantage sur la photo. Son visage m'était familier, bien que je sois presque certain de ne l'avoir jamais vu. J'ai parcouru la philippique de l'édito, qui dénonçait un geste irrespectueux pour la liberté de la presse. « Irrespectueux », je ne rêvais pas, c'est bien ce qu'ils avaient écrit, ceux qui étaient venus traquer les endeuillés un micro à la main.

Je me suis allongé en fixant le plafond, écœuré. Tout ça n'en finirait donc jamais ?

Je contemplais fixement une lézarde dans le plâtre. L'évidence, celle à laquelle je me dérobe depuis le début, m'est brutalement apparue. Il fallait se décider à attaquer. Intenter un procès à *Scoop-Images* pour stopper cette machine folle.

Parce que plus nous restions ainsi prostrés, plus nous leur donnions raison.

Héloïse me suivrait-elle ? Si oui, nous allions devoir mobiliser l'attention des journaux indépendants, ou tout simplement de ceux à qui il restait trois grammes d'éthique. Je pourrais aussi tenter de mettre de notre côté quelques connaissances, des chroniqueurs de télé et de radio rencontrés çà et là. Nous en profiterions pour passer le message : le prochain journal de caniveau qui aurait l'idée de déblatérer sur notre compte saurait qu'il aurait désormais affaire à notre avocat.

Sauf que, d'avocat, nous n'en avons pas. Et pour leur faire peur, il faudrait une pointure. Un de ces ténors dont la simple apparition refroidit sur-le-champ les ardeurs plumitives. Un nom m'a traversé l'esprit. Beaucoup trop gros pour nous. Encore que... Je n'avais peut-être pas enduré autant de dîners interminables en vain. Dans l'un de ces cocktails inutiles qui sont la quintessence de la vie mondaine, j'avais fait la connaissance d'un éditeur prénommé Claude. Sa présence – car il était un commensal des plus cultivés – avait sauvé ma soirée. Il m'avait également gratifié de quelques anecdotes glanées au cours de sa carrière, qu'il avait commencée dans le droit. Ainsi, il m'avait raconté avoir été, il y a longtemps, le condisciple de cet homme sur les bancs d'Assas. Ils se voyaient encore, liés par une passion commune pour l'Asie, d'où il leur arrivait de rapporter des objets d'art.

Claude P. m'avait laissé sa carte. Peut-être qu'il accepterait d'intercéder pour moi. De toute façon, je ne risquais rien à essayer ; la situation ne pouvait pas être pire, ai-je pensé.

Ce qu'on est naïf, parfois.

21 octobre

Dans la voiture, au retour, le silence est tombé, aussi glacial que la température de l'habitacle. Yves paraissait indifférent. Je me suis demandé si, au fond de lui, il n'était pas en train de donner raison à sa sœur. Sa passivité tout à l'heure à table instillait en moi de nouveaux poisons, de nouveaux doutes.

En théorie, je ne peux rien reprocher à mon mari. Il ne me trompe pas, ne me ment pas. Seule sa jalousie me pèse parfois, mais nul n'est sans défaut. Certes, il parle peu et ne manifeste pas grand-chose. J'ai dû apprendre à composer avec son silence, à vivre seule une partie du temps quand il s'en va en mission. Mais, avec lui, la vie est simple, réglée. On partage les dépenses, la table, le lit, avec l'équanimité des bons compagnons. Une routine et jamais d'écarts.

Quand j'ai des états d'âme, je compare ma situation à celle de quelques-uns de mes collègues : certains divorcés, avec des enfants une-semainesur-deux-et-la-moitié-des-vacances, d'autres qui se débattent dans des vies sentimentales chaotiques, des solitudes, des adultères brouillons. Yves m'a mise à l'abri des errances. Il m'a sortie des années noires qui ont suivi la fin de mes études, quand je passais les week-ends à attendre mon amant, un prof de fac marié. Le dimanche soir, je me perdais dans des boîtes de nuit, en plus ou moins bonne compagnie, alternant les verres et d'autres types d'euphorisants. Tout ça aurait pu mal finir. Mon mari est mon point de repère. Du moins il l'était, avant.

Avant, après... La frontière est-elle si simple ? Ce qui entre nous s'est fêlé remonte à bien plus loin. L'explosion n'a fait que le révéler, l'accélérer. Et si je veux être tout à fait franche, c'est de moi que vient la faille. Cet historien que j'ai rencontré au hasard d'une mission a pris de la place, trop de place, dans ma vie. Et si j'ai accepté de collaborer régulièrement à son émission, c'est autant par intérêt pour son projet que pour l'occasion que celui-ci m'offrait de le revoir

Je me suis attachée à Olivier. Il est atypique, bouillonnant, drôle, brassant quinze idées à la seconde. Un enthousiasme peu commun, doublé d'une force de travail qui fait mon admiration. J'aime sa conversation, ses yeux en amande comme ceux des chats, avec leur perpétuelle lueur de malice, son humour loufoque et ses idées gastronomiques saugrenues. Une fois par mois, ensemble, nous mangeons des sushis, de l'anguille au vert, du poulet au saté, de la pieuvre ; il a même, un jour, goûté de l'ours devant moi, malgré mes protestations. Dans ma vie bien rangée, il est l'eau vive.

Il sait que je suis mariée et je sais qu'il vit avec une hôtesse de l'air, qui doit être, tout comme lui, une très belle personne. J'imagine qu'ils doivent former le genre de couple sur lequel on se retourne.

Avec moi, il n'a jamais eu un geste déplacé, une remarque légère, jamais nourri une équivoque. Mais je ne peux nier que quelque chose a pris naissance entre nous. Notre correspondance est devenue trop affectueuse. La tendresse s'est installée sans qu'on n'y puisse rien, et mes efforts pour la combattre manquent de plus en plus de vigueur.

Pour meubler le silence, qui était de plomb, j'ai tourné le bouton de la radio. Flash info de dix-sept heures, par Sandrine Delassein. La voix de la journaliste était aiguë, sèche et faussement posée : « Du nouveau dans l'explosion du métro Odéon. Un jeune homme, suspecté d'être le complice du poseur de bombe, a été appréhendé ce matin dans le Val-de-Marne. Il s'agirait d'un membre d'un groupuscule d'ultragauche. Une série de perquisitions est en cours et plusieurs membres de la famille du suspect ont été placés en garde à vue. »

Nuit du 21 au 22 octobre

Qu'est-ce qu'on a fait, putain, qu'est-ce qu'on a fait ? Ils sont venus nous chercher ce matin, à six heures, et ils nous ont séparés tout de suite. Je ne sais pas où nous sommes, pas dans un commissariat, c'est sûr. On m'a conduit dans le bureau d'un juge. Il me dit qu'on est responsables, que c'est Erwan qui a posé la bombe dans le métro. Mais de quelle bombe il parle ?

Il a l'air de savoir plein de trucs sur les Désafficheurs. J'ai répété qu'on ne posait pas de bombes, juste des tracts. Il m'a interrogé pendant plus de deux heures.

À un moment donné, il a répondu au téléphone et je l'ai entendu dire : « Oui, Bacri. B-A-C-R-I. Vous transmettez à Interpol. »

Là j'ai eu la trouille, la vraie.

Ça fait plus d'un mois qu'on ne l'a pas vu, Aurélien. Depuis le lendemain de la disparition d'Erwan, en fait. Il a bu comme un malade, il était défoncé. Ce mec est cinglé, de toute façon. On n'aurait jamais dû le prendre.

Si ça se trouve, le juge a dit vrai. Non, c'est pas possible. Dites-moi que c'est un cauchemar.

22 octobre

À neuf heures quinze, je me suis présenté au siège de la chaîne avec la mine des mauvais jours. Danielle, la secrétaire, a fait le tour de son bureau pour m'embrasser. Quand j'ai relevé les yeux, à ma grande surprise, Schneider, le directeur général en personne, se tenait devant moi : poignée de main chaleureuse, énergique, regard franc. « Alors, Bérenger, pas trop secoué ? Vous remontez la pente ? » J'ai acquiescé, machinalement, en subissant son *shake-hand* à l'américaine. La bouche du grand manitou souriait mais son regard était froid, balayant rapidement mon visage comme s'il le radiographiait.

Schneider se fiche de ma santé. S'il est descendu, ce matin-là, c'est juste pour se prouver, leur prouver à tous, à quel point il est un chic type, un directeur débordé qui prend la peine de venir saluer un de ses producteurs accidentés. Il voulait sans doute vérifier à quel point j'étais amoché, par la même occasion. Deux minutes plus tard, il avait déjà disparu et Danielle a frappé à la porte, ornée d'une plaque design taillée dans un verre coûteux :

Pierre-Loup Sassenage
Direction des programmes culturels

Le cher Sassenage. Dit « le Cardinal » à cause de son influence, plus occulte qu'explicite, au sein du groupe France +. Un homme habile, manipulateur et faux jeton. Les trois quarts de ceux qui le connaissent lui lèchent les bottes, le quart restant le déteste ouvertement. Il s'est levé, empressé.

– Bérenger ! C'est bon de vous revoir !

Nouvelle poignée de main frénétique. Voulais-je un café ? J'ai décliné.

– Asseyez-vous, je vous en prie. Comment allez-vous, cher ami ?

La question était de pure forme, l'apostrophe aussi. Je ne suis pas l'ami de Sassenage, Dieu m'en garde. J'ai pensé à ces téléfilms imbéciles où les personnages, en plein milieu d'une tornade ou sur un lit d'hôpital, jurent leurs grands dieux qu'ils se portent comme un charme.

– Beaucoup mieux. Le médecin me dit que je devrais pouvoir reprendre le travail à la fin du mois.

– Et comment va votre... amie ?

J'ai mis un moment à comprendre qu'il me parlait d'Héloïse. Sa question m'a pris de court.

À vrai dire, je n'en savais rien de comment elle allait, justement.

– Bien, je crois.

Sassenage m'a longuement regardé en hochant la tête d'un air pensif. Ce moment de feinte sollicitude a surtout été pour lui l'occasion d'évaluer les marques qu'avait laissées l'explosion sur mon visage.

– Ce n'est pas anodin, ce qui vous est arrivé.

La litote de l'année. J'ai tenté d'abréger le chapitre personnel et d'aiguiller la conversation sur l'émission.

– Je me remets au numéro sur la guerre d'Espagne, celui que je préparais avant le...

Toujours cette difficulté à nommer l'innommable.

– ... avant, quoi.

Sassenage s'est frotté le menton. Parfaitement glabre. Le Cardinal pourrait jouer dans une publicité pour un rasoir jetable. Ou pour plein d'autres objets. Je ne l'ai vu que trois fois, quatre en comptant celle-ci, et j'ai toujours été impressionné par sa tranquille arrogance, celle des héritiers dont la réussite a conforté l'assurance native. Il fait partie de ces gens qui ne se trompent jamais dans le choix d'une cravate, d'un restaurant, d'une épouse. Il s'est légèrement penché en avant.

– Justement, Olivier – vous permettez que je vous appelle Olivier ? Vous ne pensez pas qu'un retour à l'antenne serait quelque peu... prématuré ?

J'ai réfléchi quelques secondes au sens caché de sa phrase.

– Si ce sont les cicatrices qui vous... préoccupent (j'ai corrigé le « dérangent » qui me venait aux lèvres), elles vont s'estomper très vite. Et au maquillage, on doit pouvoir les atténuer, non ?

– Hum, bien sûr. Mais ce n'est pas à cela que je pensais, croyez-le bien.

Le Cardinal a pris un air mi-profond, mi-navré.

– Voyez-vous, Olivier, notre chaîne a à cœur d'éviter tout sensationnalisme. C'est pourquoi nous sollicitons des personnalités telles que vous pour animer nos émissions : des universitaires, des chercheurs, des scientifiques. Des gens sérieux, pédagogues, rassurants.

Une couche de pommade. Je me suis demandé où il voulait en venir.

– Nous voulons axer nos émissions sur le contenu plutôt que sur la notoriété de nos animateurs.

Pas possible, il me récitait la plaquette du service communication.

– Et ?

Sassenage a commencé à se gratter le menton avec insistance, comme si un insecte l'avait piqué à cet endroit précis.

– Eh bien, vous avez été pas mal... exposé, ces temps derniers.

Mon visage a dû trahir un certain désarroi. Sassenage a immédiatement levé la main en signe d'apaisement.

– Oh, vous n'y êtes pour rien, j'en suis conscient. Et soyez sûr que tous, ici, nous avons été très choqués par le comportement de ces... (il a secoué la tête d'un air écœuré) de ces rapaces de *Scoop-Images.* Vous allez riposter, j'espère. À votre place, j'attaquerais sans hésiter. D'ailleurs, maître Dellacqua me fait vous dire qu'il vous attend quand vous voulez.

Il a guetté un signe de ma part, un encouragement. Il ne savait plus dans quel trou d'eau noyer le poisson, le Cardinal. Mais je n'ai pas bronché. Alors il a bien été obligé de continuer. Continuer le sale boulot que Schneider lui avait certainement confié la semaine précédente ou l'avant-veille.

– Mais disons que, pour le moment, il nous semble délicat de reprogrammer « Histoires d'images ». Vous avez besoin de repos, et les spectateurs de temps pour oublier ce fâcheux épisode.

Traduire : ce fait divers et sa photo sordide.

Sauf que, pour produire cette émission que j'avais créée trois ans plus tôt, j'avais fini par me mettre en disponibilité de mon propre poste à l'Université. Un congé sans solde qui m'avait valu l'inimitié de mes collègues et de mon responsable de département. J'avais perdu mes cours de troisième cycle, l'estime de plusieurs collaborateurs, qui m'avaient accusé de me dévoyer en faisant de la télévision. J'avais attiré sur moi des jalousies qu'il serait difficile de surmonter en rentrant. Tout ça pour ça ? J'ai protesté :

– Mais l'émission marche bien, de mieux en mieux, même ! On ne va pas la supprimer juste parce que je me suis trouvé au mauvais endroit au mauvais moment !

Sassenage a grimacé.

– Du calme, Olivier. On ne parle pas de suppression, juste de réaménagement, le temps que tout ça se tasse. Encore une fois, vous avez votre place chez nous, soyez-en certain.

J'ai compris que toute discussion serait inutile. Tout avait été décidé bien avant ma visite, peut-être le 20 septembre au matin, quand Schneider et le Cardinal avaient lu la presse du jour. Je me suis demandé si les événements ne leur avaient pas fourni le prétexte qui leur manquait. L'émission coûtait cher, à cause du prix des archives, et des rumeurs couraient sur la santé financière de la chaîne. C'est à l'antenne culture que les premières têtes allaient tomber. La mienne, par exemple.

– Et mon salaire ?

Sassenage a eu un geste ample.

– Vous restez en congé maladie autant que nécessaire. Nous vous proposons de plancher sur un nouveau concept, ensuite. Je demande tout de suite à Danielle de vous réaffecter un bureau au deuxième.

En d'autres termes, un placard en attendant la fin de mon contrat. La chaîne voulait surtout sauver la face, éviter les prud'hommes ou, pire, une mauvaise publicité dans la médiasphère. La future grille des programmes s'écrirait sans moi, le Cardinal et moi le savions tous les deux. Finalement, la vie avait explosé le 19 septembre à 12 h 07. Mais l'onde de choc, elle, n'en finissait plus.

Commutation

22 octobre

J'ai laissé les mains de Katia s'attarder sur les points douloureux de mon corps, c'est-à-dire un peu partout.

Katia Cravan est la plus vieille amie de ma mère. Elle a soixante-sept ans, ce qui paraît difficile à croire quand on la voit. Avant l'accident, je la retrouvais régulièrement, pour dîner japonais avec elle rue Saint-Anne ; plus rarement à son cabinet, quand j'avais un torticolis ou que je m'étais froissé un muscle. Depuis ma sortie de l'hôpital, elle vient trois fois par semaine à la maison. Elle m'a promis que je pourrais reprendre la natation avant Noël et je m'accroche à cet espoir, sans jeu de mots, comme à une bouée.

Zeugma, attirée par l'odeur du menthol, est venue renifler mon cou. Mon corps, depuis des semaines, n'avait plus été touché que par eux, mon médecin, mon amie kiné et mes chats. Même pas par Yves, qui me fuit avec application. Certes, il reste les rêves, les bribes de rêves. Mais, dans mes rêves, ce n'est pas mon mari que je vois. Cette idée a achevé de me déprimer. J'ai entendu la voix de Katia dans mon dos.

– Tu ne veux pas reprendre le travail ? Je suis sûre que ça te ferait du bien.

Elle a raison, mes collègues et mes tâches me manquent. Être claquemurée avec un Yves grognon ne fait que me saper un peu plus le moral. Mais il y a un problème, un problème de taille, même.

– Ils ont vu la photo.

– Et alors ? Moi aussi j'ai vu la photo. Des milliers de gens ont vu la photo. Tu vas t'arrêter de vivre pour ça ?

Ses mains sont descendues jusqu'à mes lombaires, enflammées par mes longues stations allongées. Elles ont encerclé la zone douloureuse et en ont fait le siège, avec patience et méthode.

– Tes collègues seront plus gênés que toi, tu verras.

J'ai fermé les yeux sans rien dire. Mais il en faudrait plus pour décourager Katia.

– Tu ne peux pas changer ce qui est arrivé, Loïe. C'est à toi de faire avec, maintenant.

Elle avait utilisé mon surnom, celui que me donnait ma mère. Après un dernier passage sur les muscles endoloris, elle a tapoté mon épaule du bout des doigts, signe que le massage était terminé. Pendant que je me rhabillais, elle essuyait ses mains dans un carré de coton grège.

– Et ton ami, là, tu as parlé de ce magazine avec lui ? Il en pense quoi ?

– Je doute qu'il ait très envie de me revoir.

L'amertume de ma propre voix a sonné de manière déplaisante à mes oreilles. Mais le texto laconique reçu hier soir m'avait laissée perplexe : « Ne peux pas te parler. Te rappelle très vite. » L'évitement, de sa part cette fois, incompréhensible, et surtout le silence durant la semaine qui venait de s'écouler, qui m'avait laminée. La photo était-elle devenue notre mur de la honte ? Je commençais à penser que je m'étais fait des idées. Que tout ce que j'avais cru lire entre Olivier et moi était une illusion. Chacun avait repris son rôle, sa place. La vie, pour moi, c'était Yves, notre appartement, nos chats, nos vacances en Bretagne. Et notre solitude à deux, jusqu'à ce que l'un de nous deux craque. Pour Olivier, sa compagne, ses projets, sa vie bien remplie d'historien, et sans doute une grande carrière médiatique devant lui. Dans ce paysage-là, il était bien présomptueux de penser que je pesais quoi que ce soit.

L'atterrissage faisait mal, encore plus mal que des côtes cassées.

Debout, Katia boutonnait son duffle-coat. Elle m'a dit, l'air de rien :

– Eh bien appelle-le et pose-lui la question. Ce sera plus fatigant que de déprimer dans ton coin, je te l'accorde – elle a esquissé un sourire – mais plus instructif, aussi.

Ses paroles m'ont ébranlée. Dans la connaissance de la douleur, Katia a sur moi bien des longueurs d'avance. Ma mère m'avait raconté qu'elle devait la vie à une tante qui avait insisté pour la garder ce soir-là, car son petit frère avait la coqueluche. La chaudière de l'appartement mal aéré où la famille vivait s'était déréglée pendant la nuit : ses deux parents et son frère avaient été asphyxiés par le monoxyde de carbone. Katia n'en parle jamais. Elle a deux filles pleines de santé, et je suis certaine qu'elle n'a pas choisi son métier par hasard.

Elle m'a caressé la joue.

– Allez, ma Loïe, tu travailles tes étirements, et on se voit jeudi soir. On se fera un japonais après.

Après son départ, encore engourdie par le massage, j'ai consulté mon téléphone. Trois spams, un mail de mon frère, deux de collègues, une invitation à un vernissage. Et un pincement au cœur, une fois de plus, devant un nom absent.

22 octobre

Toute la journée, j'ai ruminé mon rendez-vous avec Sassenage. Je rejouais le film, sans arrêt. D'ordinaire, je ne crois pas aux punitions bibliques. Mais là, j'en arrive à me dire qu'on paye. Qu'on paye l'énorme, l'incompréhensible tache aveugle de mon raisonnement.

Produire « Histoires d'images » a pourtant été l'un des moments les plus enthousiasmants de ma vie. J'en ai eu l'idée à l'époque où je préparais un essai sur les images interdites de la guerre d'Algérie. Je voulais comprendre les silences des photographies, leur partialité, débusquer les contresens auxquels elles avaient donné lieu. Les *faire parler.*

C'est ainsi que j'ai rencontré Héloïse. Elle gère les bases de données du département Mémoire et Patrimoine, un service d'archives du ministère de la Défense. Grâce à elle, j'ai pu accéder à des dossiers contenant des centaines et des centaines de vues, que j'ouvrais au gré des autorisations. Des voyages dans le passé qui réactualisaient une mémoire dormante, jusqu'alors cachée dans des pochettes, des dossiers, des boîtes. Certaines de ces images n'avaient été vues par personne d'autre que leur opérateur et le tireur du négatif.

La plupart du temps, les clichés étaient banals, platement documentaires, destinés à accompagner des rapports. Sauf quand certains photographes, par erreur – ou par choix –, avaient attrapé au vol un fragment de vie imprévu. Ces photos-là m'étaient arrivées comme un coup de poing. Les visages muets, vibrants, accusateurs ; ceux des oubliés de l'Histoire, de ses absents et de ses anonymes, qui nous interpellaient à travers le temps et réclamaient, sur ces précaires rectangles de papier, qu'on leur rendît la parole.

Mais je savais que ma voix, ma voix seule, ne suffirait pas. Alors j'ai décidé de laisser tomber l'essai, et je suis allé interroger des gens. Au début, je les enregistrais en train de me décrire la photo. Ensuite, je les ai filmés. Je voulais savoir ce qu'*eux* ressentaient en regardant l'image. J'ai commencé par mettre les vidéos en ligne sur une petite page web que j'avais bricolée. Ensuite, grâce à un ami documentariste qui m'a présenté au Cardinal, on m'a proposé une émission. On m'a affecté un bureau, un assistant, une réalisatrice, j'ai continué.

Tout s'enchaînait avec facilité. Et j'étais sûr d'avoir raison. Alors j'ai travaillé comme un fou.

J'ai cherché mes témoins partout. À la fac, à la sortie des bureaux, dans des bistrots, dans le métro, parfois même dans la rue. À Paris et en province. Des personnes que je connaissais et d'autres dont j'ignorais tout. Écolos, intellos, ouvriers, chômeurs ou infirmières, luthiers ou philosophes, militants d'à peu près toutes les causes, gaies ou tristes.

Je voulais passer la société tout entière par le chas de l'aiguille photographique. Savoir ce que nous disions de ces images et ce qu'elles disaient de nous. J'étais convaincu d'avoir compris l'étendue du pouvoir de la photographie, d'être celui qui pourrait révéler ses vérités cachées. Je *décryptais*, comme on dit.

J'avais juste oublié l'essentiel.

Parce que si je me suis souvent demandé, pendant ces entretiens, ce qu'avaient ressenti ceux qui avaient pris ces photos, je me suis rarement interrogé sur ce qu'avaient éprouvé les photographiés au moment du déclic.

Jamais pris la véritable mesure de leur humiliation, de la violence que représentaient les instants d'existence qu'on leur avait dérobés.

Aujourd'hui, je m'interroge : combien de mémoires avons-nous insultées de la sorte ? Combien d'hommes et de femmes, réduits à une blessure, une grimace, dont nous avons fait commenter l'image ? Dans la chair meurtrie, figée pour toujours dans la chimie de sa pellicule, dans son amas de pixels, écrasés par la dictature sèche d'un flash, je n'ai voulu voir que l'impérieuse nécessité de rendre compte de l'Histoire.

Même s'il fallait pour cela demeurer aveugle à une autre vérité, plus sombre et plus sordide : l'image est une tueuse en série. Et, sans même m'en rendre compte, j'avais été son complice.

Finalement, il m'aura peut-être rendu service, le Cardinal. En me collant au placard, il m'a ouvert les yeux sur ce que j'avais cessé de voir.

Reste à savoir comment je vais l'annoncer à Héloïse, maintenant.

Histoires d'images

Maud Olson, quarante et un ans, éducatrice spécialisée (Jaligny)
4 février 2012

Elle est incroyable, cette photo. Non, je ne l'avais jamais vue. Ni d'autres de cette guerre, d'ailleurs. Mon père est américain, donc c'est plutôt le Vietnam que j'ai en tête, la petite fille brûlée au napalm qui court sur une route en hurlant. Vous savez qu'elle vit encore aujourd'hui, qu'elle habite aux États-Unis ? Oui, bien sûr, vous savez. Elle est ambassadrice pour la paix. Elle dit que la photo ne l'a jamais quittée.

Évidemment, votre image est moins tragique. Il n'y a pas mort d'homme, si je puis dire. Mais je la trouve horrible quand même. Ce qui me frappe ? Les militaires en uniforme alors que le Vietnamien, enfin, l'Indochinois, je ne sais pas comment ils disaient, est presque nu. Il est tellement petit que les cinq autres ont l'air de géants à côté de lui, surtout celui qui le retient. Vous avez vu la main du soldat ? Il lui tire les cheveux tellement fort qu'il pourrait lui décoller le cuir chevelu.

Le visage du petit homme me serre le cœur, avec sa grimace de terreur, son œil noyé dans la chair tuméfiée. Les autres sourient comme s'ils étaient en train de faire une bonne blague. Est-ce qu'ils voulaient amuser leur fiancée avec cette photo ? Impressionner leurs copains restés en France ? Drôle de façon de s'y prendre.

J'espère qu'ils se sont arrêtés là. Qu'ils ont fini par le relâcher. Qu'ils l'ont laissé partir avec quelques taloches pour la route. J'aimerais bien que l'histoire se soit terminée comme ça. Mais j'ai des doutes.

Ce que j'éprouve ? Du dégoût. Je sais bien que les dérapages, c'est le quotidien des conflits. Mais cette bande de cons rigolards qui jouent avec leur petit pouvoir dégueulasse, c'est lamentable. Mon père, lui, il a déserté pour ne pas y aller, au Vietnam. Il s'est réfugié au Canada, puis il est venu en France – c'est là qu'il a rencontré ma mère.

Quand je vois ce genre de photos, je me dis qu'il a bien fait. Il suffit de regarder le visage de ces garçons pour savoir que la partie était perdue d'avance, pour eux. Ils n'avaient rien compris à rien.

23 octobre

En descendant chercher le courrier, j'ai vu par la porte vitrée qu'un vent mauvais balayait par à-coups les feuilles dans la rue. Dans une semaine, c'est-à-dire dans un siècle, ce sera la Toussaint. Avant l'accident, je ne voyais pas le temps passer, toujours débordée, entre le travail, la natation et les soirées au cinéma. Aujourd'hui, supporter l'ennui des journées et tenir jusqu'au soir relève de l'exploit.

La boîte aux lettres ne contenait que des factures ; comme j'aurais dû m'y attendre, c'est le mail qui m'a délivré les deux devis d'agences d'« e-réputation », à une heure d'intervalle. En ouvrant les fichiers joints, j'ai failli tomber à la renverse devant le montant : les chiffres allaient de trois à quatre zéros. L'officine qui avait l'air la plus sérieuse (et qui était, hélas, la plus chère) avait assorti son devis d'un message m'expliquant que mon « cas » était complexe, d'où le coût de la prestation. Ils m'invitaient à prendre contact par téléphone avec eux ; je l'ai fait sans attendre.

La voix de la femme qui m'a répondu, une certaine Alice Whiteley, était agréable, posée. Visiblement, ils sont plus habitués à traiter avec des marques de chewing-gum ou des célébrités qui ont un scandale politico-sexuel à faire oublier qu'avec des victimes de faits divers. Whiteley m'a expliqué qu'un nettoyage exigeait de contacter chaque site et chaque forum, un par un. Elle prévoit des difficultés car on touche ici, m'a-t-elle dit, au « droit de l'information ». Par contre, elle m'a parlé de « noyage », une opération qui, si j'ai bien compris, consiste à ensevelir sous d'autres l'information qu'on veut cacher. Sur ce point, elle me garantissait 100 % de réussite.

J'ai dit à madame Whiteley que j'allais réfléchir. En fait, c'est tout réfléchi. Avec mon salaire d'ingénieure documentaliste, je n'ai pas les moyens de m'offrir une telle prestation, surtout si ses résultats sont aléatoires. L'espoir du grand ménage internet s'évanouissait.

J'ai repensé aux conseils de Katia. Arrêter de se plaindre et agir. J'ai enfilé une veste en cuir, une paire de chaussures de sport, pris ma tablette et laissé l'écharpe à Bergamote, qui s'était endormie dessus. Je n'avais que deux cents mètres à faire pour descendre au café en bas de chez moi ; avant, c'est là que j'allais lire ou réfléchir aux futures émissions, le week-end, quand Yves était en mission aux États-Unis.

Jean-Noël, le patron, a contourné son comptoir pour me saluer.

– Eh bien dis-moi, ça fait une paye !

Avait-il vu la photo ou pas ? Le fait qu'il n'ait posé aucune question, ni sur le plâtre, ni sur les kilos en moins, me faisait supposer que oui. J'en ai eu la certitude quand il m'a apporté un café et des croissants, sans que je lui aie rien demandé.

– Laisse, c'est pour moi. Comment va ?

J'ai répondu qu'on faisait aller, compte tenu des circonstances.

– Ils les ont attrapés, ceux qui ont fait ça ?

Difficile de répondre. Du cabinet du juge, les informations nous arrivent au compte-goutte et des rumeurs confuses bruissent chez les avocats des parties civiles ; Arnold me parle maintenant d'un groupuscule anarchiste. Moi, j'ai surtout l'impression que l'enquête s'est enlisée dans les étapes d'une procédure policière compliquée.

Jean-Noël m'a répété qu'il était content de me revoir.

– Ça m'a fichu les jetons, quand je t'ai vue...

Il s'est interrompu, embarrassé. Moi j'émiettais machinalement mon croissant, soudain pétrifiée à l'idée de la photo traînant ici, au café de l'Échelle.

– T'inquiète pas, a-t-il repris, je l'ai jeté, ce numéro. J'ai acheté toute la pile du kiosque d'à côté et je l'ai foutue à la poubelle. Les marchands de malheur, ça me débecte.

Ma gorge s'est serrée. Autant à cause de la générosité du geste que pour la franchise avec laquelle Jean-Noël m'en parlait. Un peu plus tard, je lui ai dit combien j'en avais assez, de cette affaire, et que, hélas, les pages web ne se jetaient pas aussi facilement qu'un magazine. Lui n'est pas expert en données et en internet, mais il est plus philosophe que moi. Il m'assure que le public a la mémoire courte, et que la plupart des gens qui l'ont vue l'ont déjà oubliée, cette photo.

Il est possible qu'il ait raison.

Il est même certain qu'il a raison.

Mais le problème est que ceux qui me connaissent, eux, s'en souviennent.

Mon mari, à commencer par lui.

Depuis le déjeuner fatal de Rambouillet, mes relations avec Yves sont passées de détériorées à catastrophiques. Quand il est arrivé, mardi dernier, et que, par extraordinaire, il a consenti à ouvrir la bouche pour remettre sur le tapis l'histoire de sa mission à Seattle, je lui ai donné quitus pour y aller, sans moi. Et sans arrière-pensée. Je me débrouillerai pour l'intendance avec Katia et Hugues. Parce que les soirées en tête-à-tête avec un conjoint courroucé et mutique, j'en ai plus qu'assez.

Je suis malhonnête, en vérité. Si l'état de notre couple en arrive à ce point, ce n'est pas seulement par la faute d'Yves, ni même à cause d'une seule photo, aussi dévastatrice soit-elle. Nous avons laissé traîner trop de choses, lui et moi, trop de frustrations accumulées.

Mais, pour l'heure, mon mari est parti avant-hier matin pour Roissy, et j'en suis, je n'ai même pas honte de le dire, soulagée.

Finalement, j'ai travaillé deux heures au café de l'Échelle et j'y ai même grignoté un croque-monsieur. Je méditais les explications d'Alice Whiteley. Ce qu'on ne pouvait effacer, il fallait le recouvrir. Et là, de cogitation en cogitation, j'ai eu une idée.

Une sacrée idée, même.

Mais il faudrait qu'Olivier soit d'accord.

Or Olivier est aux abonnés absents.

La carte postale reçue d'Irlande, hier, tombée au milieu des publicités, a été un choc. Quelques mots banals et sans chaleur, qui semblaient écrits à la sauvette. Ils m'ont causé une déception cuisante. Est-il encore là-bas ? En vacances avec son amie ? Ce serait logique. Son départ expliquerait qu'il ne soit pas venu à la cérémonie, qu'il ne me rappelle pas. J'essaye de comprendre, de l'excuser. Mais l'amertume fraye chaque jour son chemin un peu plus avant en moi.

C'est à ce moment précis que le téléphone a vibré. J'ai décroché sans réfléchir.

Et tout à coup, j'ai eu sa voix dans mon oreille.

L'émotion a été violente, absolue. Comme le contact de l'eau fraîche sur la peau en pleine canicule. Son timbre avait changé, pourtant : plus lent, plus assourdi, comme s'il devait s'arracher à la viscosité du silence. Olivier parlait lentement, d'une voix basse. Il m'a demandé comment je me sentais, si je reprenais des forces, si je retravaillais. Il m'a brièvement raconté l'Irlande, sa convocation à la police. Il m'a dit qu'il était désolé pour la photo, ou plus exactement « atterré » ; qu'il avait beaucoup pensé à moi, sans trouver le courage d'appeler. Qu'il s'en voulait. Infiniment.

Moi, je lui répondais par monosyllabes, avec des mots devenus de carton, qui collaient à ma langue sans pouvoir s'en détacher. Toutes les phrases que j'aurais voulu prononcer, les questions que je brûlais de lui poser, et Dieu sait s'il y en avait, restaient coincées dans ma gorge. Je n'entendais que le bruit de mon cœur qui cognait.

Après un long silence, qui m'a fait craindre que la communication n'ait été coupée, Olivier m'a proposé un rendez-vous car il avait « beaucoup de choses à me dire ». Au milieu du brouhaha du café, cette phrase, arrivée d'où je ne l'espérais plus, m'a illuminée de joie.

J'ai proposé que nous nous voyions samedi. Son léger désappointement, perceptible quand j'ai suggéré cette date, m'a secrètement réjouie. Je ne pouvais pas lui dire que d'ici là je serai déplâtrée. Que j'aurai vu un coiffeur. Et que j'aurai peut-être réussi, si je me force, à reprendre un kilo ou deux.

Peut-être aussi que, si j'ai voulu différer encore un peu ces retrouvailles que je désire pourtant de toutes mes forces, c'est parce que j'ai peur. Pas seulement de son regard sur mon corps abîmé. Ni même de cette image entre nous que je donnerais n'importe quoi pour effacer. Mais d'un trouble sur lequel les événements m'ont conduite à mettre un nom, et que je ne me sens plus la force de lui dissimuler.

23 octobre

Je me sens léger. Léger et épuisé, comme si j'avais couru plusieurs kilomètres.

Enfin on s'est parlé.

Il y avait un bruit terrible, là où elle était. Mais j'entends encore sa voix dans ma tête. La douceur du son de sa voix. J'ai beau avoir un quota d'ennuis qui atteint presque la cote d'alerte, je suis suspendu à la promesse de l'instant où je la reverrai, dans quatre longs jours. Au fond, je n'ai pensé qu'à ce moment depuis qu'on l'a arrachée à mes bras, à la sortie du métro. Quand je l'ai vue, de l'autre côté de la vitre, dans sa chambre en réanimation, j'ai compris que, si elle ne s'en sortait pas, mon existence se résumerait à compter les jours sans elle.

Je connais si peu Héloïse, pourtant. Elle est si secrète. Je sais juste qu'elle est mariée à un ingénieur en aéronautique, qui a l'air plus passionné par les avions que par son épouse. Son père a pris sa retraite en Bretagne ; de sa mère, elle ne m'a jamais parlé. Je connais ses plats préférés (le poulet au saté, l'anguille au vert, le foie gras poêlé), mais j'ignore la majeure partie de ce qu'elle aime écouter, lire ou voir. Une fois, elle m'a confié son goût pour la natation avec un enthousiasme qui m'a étonné. J'ai regretté d'être si nul en crawl, de ne pas pouvoir lui proposer de nager avec elle. Elle doit être très gracieuse quand elle nage. Elle est toujours gracieuse, de toute façon, même si elle n'a pas l'air de s'en rendre compte.

« Histoires d'images », c'était aussi pour elle. Continuer à la voir, à partager des moments de complicité sous couvert de travail. Au fil des semaines, je m'étais habitué à retrouver celle qui localisait pour moi des images dans des fonds déclassifiés. Elle avait programmé un système sophistiqué et écrivait des équations de recherche bardées de signes ésotériques avec la même facilité qu'elle aurait bu un café. L'image que je désirais, comme par miracle finissait toujours par apparaître sur son grand écran. Elle le tournait vers moi, l'air impassible. Je détectais pourtant dans ses yeux la joie de l'orpailleur qui vient de dénicher une pépite au milieu des cailloux.

Notre première rencontre avait été glaciale, néanmoins. Son abord, un mélange d'érudition, d'élégance et d'austérité protestante, m'avait déconcerté : un véritable art de tenir les autres à distance. Elle avait mis des mois pour arriver à me tutoyer. « Coincée », avais-je pensé. Il m'a fallu du temps pour comprendre qu'elle était timide, et que son métier, dans un milieu assez masculin, rendait la préservation d'un certain quant-à-soi indispensable.

Un jour, nous avions déjeuné dans le bistrot du bas de la rue qui leur servait de cantine. Trois de ses collègues nous avaient rejoints. L'un d'eux m'avait reconnu. Il avait cru bon de nous asséner tout le bien qu'il pensait des émissions historiques ; elles donnaient, disait-il, une « mauvaise image de la guerre ». Mazette, quelle expression hardie, m'étais-je dit. Comme si l'on pouvait raisonnablement espérer qu'une tuerie organisée, justifiée ou non, fût capable, à quelque moment de son déroulement, de représenter sous un jour aimable la géhenne et les décimations.

Héloïse avait poliment écouté le grincheux. Et avait placé dans sa réponse une contrepèterie. Lui ne l'avait pas repérée, moi si. À la suite de cet épisode, nous avions renoncé à la cantine et pris l'habitude de déjeuner ailleurs. Dehors, elle était plus gaie, moins réservée. Même si je la soupçonne de n'être pas très heureuse, elle le dissimule sous un humour pince-sans-rire qui la rend désopilante, à ses heures.

Elle me touche.

Non, c'est faux. Elle fait beaucoup plus que me toucher. En plus, je devine que la réciproque est vraie. Cependant, elle n'a jamais donné le moindre signe qui pourrait m'encourager à aller plus loin. Pas plus qu'elle n'a jamais donné le moindre signe pour m'en décourager. J'ai fini par comprendre qu'elle ne s'autoriserait aucun geste qui puisse briser un couple : le sien, peut-être le mien aussi. À vrai dire, je ne nous imagine pas non plus dans un cinq à sept.

Nous nous sommes tous deux accommodés de cette situation. Rien de plus que nos déjeuners, quelques formules tendres dans les mails, quelques contacts furtifs, lorsque nos mains gantées se rencontrent sur la table lumineuse quand nous brassons les boîtes d'archives.

À partir du moment où Karine et moi avons décidé de nous séparer, j'ai commencé à regarder Héloïse différemment. À la désirer vraiment. Pas seulement une histoire de sexe. L'envie de sa compagnie, de sa voix, de sa présence. Partager du temps, des sorties, des concerts. Je ne savais pas comment le lui dire. Je me demandais si ma déclaration allait tout ficher en l'air ou au contraire nous délivrer d'un poids. Pourtant, je plais aux femmes, d'ordinaire. Enfin, je plaisais, avant que ma gueule d'ange n'en prenne un coup dans le métro. Je n'en suis pas fier, mais je n'ai pas eu beaucoup de mal à tromper Karine, l'an dernier, quand les choses se sont vraiment dégradées entre nous.

Héloïse, elle, m'intimide. Je ne veux pas qu'elle me prenne pour un coureur de jupons, un universitaire fat à qui la célébrité a tourné la tête.

Si l'explosion n'avait pas eu lieu ce jour-là, je lui aurais avoué quelques-uns des sentiments que j'avais pour elle. Elle en aurait disposé à sa guise, mais au moins aurions-nous fait un sort au silence. Aujourd'hui, une bombe plus tard, que reste-t-il de ce lien fragile qui nous unissait ? Comment a-t-elle surmonté l'épreuve de *Scoop-Images* et sa photo abjecte ? Son mari était-il au courant, pour nos rendez-vous ?

Samedi, je vais la revoir pour la première fois depuis trente-sept jours et je redoute ce moment autant que je l'espère. Je ne veux pas qu'elle me trouve laid, avec mes cicatrices, qu'elle-même ait changé, qu'elle ait perdu cet éclat, cet humour qui me la rendaient précieuse. La vérité, c'est que je suis amoureux de cette femme. Et que je ne supporterai pas de n'être plus pour elle que le comparse humilié d'un jour de souffrance.

Nuit du 23 au 24 octobre

– Et Erwan Le Guéhennec, vous le connaissiez ?

Le salaud. Me parler d'Erwan maintenant. Je ne me suis pas laissée déstabiliser.

– Je reprends. Erwan Le Guéhennec, à qui vous avez téléphoné douze fois entre midi vingt-trois et quinze heures quinze le 19 septembre, vous le connaissez ?

– Et alors, c'est un délit de téléphoner ?

À ce moment-là, j'ai senti que quelque chose clochait, clochait vraiment. Que je n'étais pas là pour des histoires d'affiches saccagées, mais bien pour cette explosion qu'ils veulent nous coller sur le dos. Le juge a ôté ses lunettes et s'est massé l'arête du nez. Il avait l'air crevé.

– Écoutez-moi bien, mademoiselle de Linden. Vos délires idéologiques de grande bourgeoise de gauche, ce n'est pas mon affaire. Par contre, le fait que votre ami, celui que vous avez cherché à joindre, ait joué les kamikazes et ait tué trois personnes avec lui, ça, ça nous pose un problème. Alors maintenant, je vous donne le choix : soit vous cessez ce numéro de rebelle stupide et particulièrement irritant, soit je vous mets en examen pour

complicité d'action terroriste, vous et votre petite bande. Maintenant, je vous repose la question : pourquoi avez-vous appelé Erwan Le Guéhennec ?

27 octobre

Bergamote et Zeugma observent mon ballet laborieux de l'armoire au miroir. Malgré mes difficultés à boutonner mes vêtements, j'ai déjà changé deux fois de tenue. En revanche, je n'ai pas réussi à natter mes cheveux. Certes, je n'ai plus de plâtre, mais parvenir à lever le bras droit plus haut que l'épaule est encore une vue de l'esprit.

Finalement, j'ai opté pour un jean clair, un chemisier de lin et un cachemire gris pâle, le seul que je possède. J'espère que ces couleurs placides atténueront ma mine de déterrée et mes cernes. Je me suis parfumée, aussi, pour la première fois depuis l'accident. Mémoire florale, violette, œillet et poivre mêlés, qu'avait effacée celle des antiseptiques et des baumes au camphre de Katia.

Cela faisait du bien de ressembler à nouveau à quelque chose.

Encore une heure. J'ai ouvert mon navigateur internet pour lire les titres du *Monde*, un nouveau tic chez moi. J'espère toujours y découvrir quelque chose de relatif à notre affaire, qui stagne de façon désespérante. Mon œil a été attiré, sur la page des dépêches du jour, par un article : « Suicide d'une adolescente cyber-harcelée ». J'ai cliqué. Au Canada, une jeune fille de dix-sept ans s'était donné la mort après avoir été saoulée à la vodka, violée, et prise en photo par ses agresseurs, qui avaient posté les images sur le net. Après quoi ses camarades de classe avaient inondé le compte de la jeune fille de messages d'insultes et de propositions obscènes. La justice avait renoncé à poursuivre les violeurs faute de preuves.

La victime, elle, avait fini par se pendre.

Je me suis demandé quel genre d'animal pouvait ainsi droguer une adolescente, en abuser, puis poster les images de son crime sur internet. Et les autres, ceux qui balançaient leurs invectives et leurs invites, qu'est-ce qui les aiguillonnait ? Quelle bestialité aveugle, nourrie de bêtise, de lâcheté, quelle pulsion abjecte guidaient leurs mains sur le clavier ?

Notre photo à nous semble une bien pâle offense en comparaison du calvaire qui avait été infligé à cette enfant. Mais je devinais la brûlure térébrante, la honte sans relâche, le sentiment d'injustice et d'impuissance qui avaient dû la hanter jusqu'à son dernier jour.

J'ai éprouvé un étrange sentiment, un mélange de chagrin et de colère, à voir que nous étions tous, dorénavant, les proies potentielles d'un Minotaure d'un nouveau genre. Il ne fallait pas plus de deux secondes désormais pour mettre *a quia* la vie privée de n'importe qui. Alors, plus que jamais, je suis décidée à trouver un moyen de riposter. Pour moi, pour Olivier et pour nous tous, soldats inconnus tombés au champ de déshonneur du web – ce nouvel outil du bonheur, à ce qu'il paraît.

Encore bouleversée par ma lecture, je suis descendue chercher le courrier. Trois enveloppes m'attendaient dans la boîte, mais rien d'Yves. La première, adressée par mon beau-père, contenait un dessin de ma nièce, une silhouette couchée avec un bras pris dans un plâtre disproportionné. Une légende, en lettres irrégulières tracées au feutre : « Gros bizous Tati Héloïse. Fanny. » Je me suis dit que je l'accrocherais dans mon bureau quand je retournerais travailler.

La deuxième lettre était le devis du photographe que j'avais réclamé après mon illumination au café de L'Échelle. Pas donné, le photographe. Encore que, rapportée au tarif des agences de cyber-nettoyage, la somme réclamée paraissait presque raisonnable.

La troisième enveloppe ne portait ni logo ni nom d'expéditeur. Ruse de guerre, ai-je compris ensuite, sans quoi je l'aurais flanquée à la poubelle sur-le-champ. C'était *Scoop-Images*, rien de moins, qui, après avoir essayé tous les harcèlements possibles, s'était décidé à m'envoyer un courrier postal. Un journaliste zélé m'exposait son projet de reportage sur « l'après-attentat » : une interview d'Olivier et moi, ni plus ni moins. Il me proposait de l'appeler pour négocier les « modalités » (comprendre : le prix) de notre rencontre. Il avait ajouté ce post-scriptum, que j'ai dû relire plusieurs fois pour me convaincre que j'avais bien compris : « Nous possédons d'autres photographies du jour de l'explosion et nous réservons la possibilité de les publier dans notre album annuel. Mais quelques mots de vous, et ces sollicitations cesseront sur-le-champ. »

Le chantage, maintenant. Mais qu'est-ce qu'il y avait dans la tête de ces gens ? Où était leur conscience ?

Tant de cynisme dépassait l'entendement.

J'ai senti la rage monter, cette espèce de fureur blanche que d'ordinaire, chez moi, seuls un ou deux kilomètres dans l'eau savent éteindre. J'aurais voulu déchirer ce torchon en mille morceaux et le regarder tourbillonner dans la cuvette des toilettes. Mais faute de la dextérité nécessaire, je me suis contentée de balancer la lettre par terre. J'ai flanqué un coup de béquille rageur dans un tas de livres qui se trouvait là, et qui s'est éboulé avec fracas. Les chats, effrayés, se sont réfugiés sous le lit.

Si j'avais tenu le rédacteur de la lettre devant moi, je crois que j'aurais pu le tuer. C'était illogique, mais j'en voulais bien plus à ces hyènes imbéciles qu'au garçon de vingt ans qui avait fait sauter la bombe dans le métro.

Vole-leur dans les plumes, ne leur fais pas de cadeau, m'a dit Hugues, à qui j'ai raconté plus tard l'épisode au téléphone. Ils ne t'en ont pas fait, eux.

Pour l'instant, j'étais dans ma chambre, oscillant entre la fureur et les larmes. J'ai ramassé la lettre et je l'ai glissée dans mon sac, puis j'ai composé le numéro du taxi. M'exhortant à faire avec les émotions comme avec les problèmes : l'une après l'autre.

27 octobre

Elle est aussi belle que dans mon souvenir. Même si elle a beaucoup maigri, qu'elle boite un peu et que sa main droite est gonflée d'œdème. Elle a le contour des yeux violacé, comme ceux qui ne dorment plus, et ses lèvres sont décolorées sous le baume translucide. Mais j'ai retrouvé, intact, le front haut et pâle, la couleur changeante de ses prunelles derrière les verres de ses lunettes – une nouvelle paire –, les cheveux épais qui s'échappaient du chignon, et la ligne émouvante de sa bouche.

Elle est descendue du taxi et a empoigné sa canne anglaise. Je suis allé à sa rencontre, lentement. Ce n'est qu'une fois arrivée à ma hauteur qu'elle m'a vu, et qu'elle m'a souri. Un sourire mélancolique, un peu hésitant. Mais un sourire.

Je l'aurais bien prise dans mes bras. Puis je me suis rappelé qu'elle avait eu des côtes cassées. Alors je me suis penché, car elle est bien plus petite que moi, posant ma joue contre la sienne et ma main sur sa nuque, la laissant là, appuyée. Son parfum montait de son cou, une odeur de fleur et d'épices. J'aurais aimé rester là, sur le trottoir, ma bouche près de sa peau, à respirer son souffle, à sentir sa chaleur. Pouvoir lui demander pardon pour le silence, l'absence, l'explosion, pour tout.

Je n'en ai pas eu besoin. Elle a caressé ma joue, la joue blessée, du dos de sa main gauche, un geste léger, presque furtif, mais qui valait absolution. À partir de ce moment-là, tout a été moins difficile.

Au café, je l'ai observée sans qu'elle s'en rende compte. Les mouvements de son bras sont ralentis. Ses muscles ont fondu, on le voit aux pantalons qui flottent autour de ses cuisses. Il lui manque au moins cinq kilos. Elle s'est raidie au moment de s'asseoir, comme si le mouvement lui coûtait. « Les côtes, m'a-t-elle dit. C'est le plus long. » Un silence. Puis, son regard planté dans le mien :

– Il paraît que je te dois la vie, mon super-héros.

Malgré mon bonheur d'être avec elle, j'ai été envahi par une envie de pleurer comme je n'en avais plus connu depuis des années. Tout ne tenait qu'à un fil, et ce fil-là avait failli se rompre. J'ai respiré profondément pour chasser l'émotion, tenté une diversion.

– Comment tu me trouves, avec mon nouveau look ?

– Pas mal du tout. La vraie *Frankenstein's touch.*

On a souri, un peu, pas longtemps. Sa main gauche est venue effleurer mon arcade sourcilière. À nouveau ce geste d'apprivoisement, de réparation, venant d'elle, qui évitait d'ordinaire tout contact physique. Son regard était un océan de fatigue, les iris bleu-vert, mouchetés de brun, luisant bizarrement dans le bistre des cernes.

– Comment vas-tu ?

– Ça dépend des jours. Et toi ?

– Pareil.

Le silence s'est installé, et nous l'avons laissé faire. Il s'était passé trop de choses depuis la dernière fois pour suturer en deux phrases et une plaisanterie l'ancienne vie et la nouvelle. Il y avait l'insouciance de l'avant, et les souillures de l'après. Les conséquences. Et cette photo, qu'aucun de nous deux n'osait encore évoquer. Je regardais la main d'Héloïse, la valide. Son alliance, qui luisait doucement sous les lampes du café.

– Ton mari t'aide ?

– Yves est à Seattle.

J'ai ouvert de grands yeux.

– Ne dis rien. J'étais d'accord pour qu'il s'en aille.

La voix se voulait neutre, mais pas assez pour masquer le désenchantement qui perçait dans cet aveu. J'ai jugé préférable de changer de sujet.

– Tu es retournée au travail ?

Re-soupir.

– Pas encore. Et toi ?

J'ai pris mon élan. Et je lui ai raconté, pour Sassenage. En essayant de choisir mes mots, parce que je me doutais qu'elle serait aussi peinée que moi par l'arrêt de l'émission. Au fur et à mesure que je lui narrais les atermoiements du Cardinal, je voyais son visage déjà grave s'assombrir. Elle a observé un temps de silence avant de reprendre la parole.

– Tu vas négocier, j'espère ?

– Je ne crois pas.

Elle a levé les sourcils, l'air surpris. Je lui ai dit :

– Ça m'a fait réfléchir, ce qui nous est arrivé. En fait, je me suis planté avec mon concept.

– Mais comment peux-tu dire ça ?!

Elle a frappé la table du plat de sa main gauche et un couple à la table voisine a sursauté. Elle s'est excusée et a repris, en parlant plus bas.

– On a essayé de comprendre. On s'y est peut-être mal pris, mais au moins on a essayé. Tu te rappelles la photo du RER Saint-Michel ?

Histoires d'images

Marie-Anne Narbonne, soixante-sept ans, écrivain (Paris)
30 août 2012

Bien sûr que je me rappelle. On n'oublie pas un jour comme ça. Je prenais un café deux rues plus loin avec mon mari et un couple d'amis venus d'Espagne. On était si près qu'on a même entendu la déflagration. Mais il a fallu qu'on rentre chez nous pour comprendre ce qui s'était passé. On n'avait ni internet ni téléphone portable à l'époque, comprenez-vous. J'ai encore la date en tête : 25 juillet 1995, RER Saint-Michel, celui que Jean-Louis prenait tous les jours pour aller travailler. C'était le milieu de l'été, l'atmosphère était exactement comme sur la photo : un soleil de plomb, la chaleur et la pollution qui avaient envahi Paris. Quand je les vois, sur l'image, avec leurs uniformes, leurs couvertures de survie, je me souviens combien on a eu chaud, nos amis et nous, cet après-midi-là. C'était un temps de départ en vacances, pas de mort.

Ce qui me frappe ? La hâte des secouristes. La pointe du pied décollée du sol, le mouvement volontaire du talon, et le bras en l'air, pour faire contrepoids à la civière où gît le corps couché. Le pompier qui court à côté du brancard tient une perfusion. Tous les cinq ont le regard fixe, le visage happé par l'effort. On y lit leur détermination absolue à tirer d'affaire celui qu'ils portent vers une ambulance ou un poste de secours.

Le dernier homme, c'est autre chose.

Au début, je n'ai pas compris qui il était, avec ses lunettes et son gros sac beige, carré, en bandoulière – c'était avant la mode des sacs à dos. Ce que faisaient ce pantalon et cette veste de jean clair derrière le noir des uniformes. Lui, il ne court pas : au contraire, il a pris une pose bizarre d'échassier, la jambe droite repliée à l'arrière du mollet gauche. Il ne regarde pas devant lui, comme le font les autres. Son regard est tourné vers le viseur d'un appareil photo, lui-même braqué sur la partie supérieure du brancard.

En fait, il est en train de cadrer le visage de la victime allongée, celui qui reste dissimulé à notre vue.

Le pire, c'est que ce photographe n'a pas un regard humain, un regard de compassion, je veux dire, pour celui dont il est en train de voler l'image. Appliqué, froid, détaché.

Vous croyez qu'une fois sa sale besogne terminée il est allé voir ailleurs, harceler d'autres blessés ?

Vous croyez qu'il a bien dormi cette nuit-là ?

Sûrement, oui, sans quoi il aurait choisi un autre boulot.

Ou alors il avait des traites à payer. Une pension alimentaire. Ou bien il avait rêvé d'exercer un autre genre d'art photographique. Ou il aimait l'adrénaline. Ou l'argent.

J'aimerais mieux n'importe laquelle de ces hypothèses plutôt que de l'imaginer convaincu et fier d'avoir, ce jour-là, servi la dure loi de l'information.

Oh, je sais bien, il paraît que maintenant le citoyen a le droit et même le devoir de pouvoir à toute heure contempler la saloperie du monde, les corps ensanglantés sur les chaussées de Syrie ou d'Irak. Même une enfant qui se noie centimètre par centimètre au journal de vingt heures, on nous la montre.

Peut-être que c'est de la lâcheté de ma part, que je vieillis, mais moi, je n'y arrive plus. Si ça ne nous laisse que le temps d'avoir mal à notre impuissance, sans rien pouvoir y faire, merci bien.

Un appareil photo contre un brancard. Non, décidément, vous ne me ferez pas trouver ce combat équitable.

27 octobre

La stupéfaction s'est peinte sur le visage d'Olivier. Il m'a avoué, bien plus tard, avoir été saisi par la puissance de son oubli ; non, oubli n'était pas le terme, il aurait fallu parler, ajoutait-il, d'amnésie pour qualifier ce trou noir-là, cette ruse de l'inconscient qui avait dressé un barrage opaque entre cette image et lui.

Moi, au contraire, j'en avais gardé un souvenir tellement vif qu'il m'avait poursuivie bien après la rencontre. D'ordinaire, je n'étais pas présente lors des entrevues. Je ne l'aurais peut-être pas été pour celle-là si mon ami ne m'avait livré le nom de celle qu'il s'apprêtait à interviewer. Une personne dont j'admire le travail depuis des années. Je me rappelle qu'il pleuvait, un petit crachin breton qui nous avait transpercés le temps d'arriver au bout de la rue Vieille-du-Temple.

Notre témoin du jour s'appelait Marie-Anne Narbonne, et elle est écrivain. Elle nous a reçus dans son bureau. J'ai encore en mémoire son accent, léger mais chantant, sa vivacité, l'intelligence aiguë de son regard. Deux yeux d'un bleu intense, lumineux, saisissant, qui en quelques minutes avaient traversé l'image pour nous en livrer les ressorts secrets, comme on tranche une chair au scalpel. Parce que la photographie que nous lui avions montrée l'avait mise en colère, Marie-Anne Narbonne.

Un an plus tard, il m'est apparu que l'image que nous avions choisie pour elle ce jour-là formait l'étrange, la catastrophique annonciation de celle qui avait été prise de nous, écrivant par anticipation notre mésaventure. Un miroir où, cette fois, le visage de la victime était occulté par celui de son prédateur. Je me demande d'ailleurs ce que l'autre, celui qui avait photographié la scène de loin, avait pensé quand il avait réalisé cette photo. Est-ce qu'il avait juste *shooté* à la volée ce groupe en mouvement rapide, qu'il n'avait dû tenir que quelques dixièmes de seconde au bout de son objectif ? Est-ce qu'au contraire il avait cherché à prendre son confrère en flagrant délit de voyeurisme ?

À travers les yeux de Marie-Anne Narbonne, d'avance nous avait été donnée à déchiffrer la cruauté symbolique de la chasse à l'homme par objectif interposé, à deviner le piège qui allait se refermer sur nous. Qu'Olivier ait refusé, le jour de nos retrouvailles, de se rappeler la lecture magistrale qui nous en avait été délivrée en disait long sur la profondeur de son déni. Comme si lui aussi était incapable d'admettre que nous ayons jamais habité pareille situation. Et pourtant. Le photographe nous avait épinglés comme des papillons. Son cliché avait contaminé chaque compartiment de nos vies, et tout éclaboussé sur son passage. Nous étions comme l'homme sur son brancard, sanglés dans notre impuissance, victimes d'un hold-up biographique qui – et c'est ce qui me révoltait le plus – ne semblait pourtant pas scandaliser grand monde.

Une vague de colère m'a à nouveau submergée et il a fallu que je fasse un effort pour maîtriser ma voix quand j'ai repris :

– J'aimerais bien, Olivier, que quelqu'un fasse un jour pour nous ce qu'on a fait pour lui. Oui, que quelqu'un, pour une fois, prenne notre parti contre ces pourritures de voyeurs.

27 octobre

Enfin on en parlait. Il y a bien longtemps qu'on aurait dû le faire. Depuis le début, cette photo est comme une grenade dégoupillée entre nous, une gangrène, un poison. Quelque chose de sale, et qui fait mal. En voyant les traits d'Héloïse se durcir, j'ai compris à quel point la blessure était profonde, corrosive. Totale.

Ce n'est pas que je n'en souffre pas, moi non plus. Mais il faut être honnête : au grand jeu de la prostitution médiatique, j'ai été le moins mal loti. C'est presque le contraire. Terrorisé, mais héroïque, le bel historien. Debout sur ses jambes. Pour Héloïse, ce n'était pas la même chanson. On avait exhibé son corps presque nu, ses blessures, alors qu'elle était inconsciente. On avait fait commerce de sa pudeur au pire moment de sa vie. C'était un viol qui ne disait pas son nom, rien d'autre. Et son mari, comment avait-il pris les choses ? Est-ce pour cette raison qu'il était parti pour Seattle ?

Mon amie s'est mise à pousser l'anse de sa tasse vide de l'index, d'un côté, puis de l'autre. Le mouvement, exaspérant, a duré une longue minute. Puis une digue a cédé, je l'ai vu à son visage, soudain crispé, à son regard fixe. J'ai immobilisé sa main.

– Raconte.

Elle l'a fait. Je dois dire que je ne m'attendais pas à une déferlante pareille. Comme si elle n'avait pas parlé depuis des semaines. Le magazine trouvé derrière la poubelle, l'humiliation. Son mari furieux. Le travail qu'elle n'arrivait pas à reprendre, la navigation internet jusqu'à la nausée, sa belle-sœur, la crainte de ne plus voir sa nièce. La peur de sortir, la peur des autres, celle de me revoir. Et, pour finir, le courrier reçu ce matin. Elle a terminé au bord des larmes, en secouant la tête, dans un geste de désarroi.

– J'ai honte. Je sais que c'est absurde, mais j'ai honte. Je ne veux pas qu'on soit là, livrés à eux. Je veux... (elle a hésité sur le mot)... je veux effacer ça. Et j'ai beau chercher la solution, je ne trouve pas. Ça me rend folle.

Elle a sorti des papiers de son sac. Des devis de boîtes d'« e-réputation », astronomiques. La lettre de *Scoop-Images*, dont une copie m'attend certainement dans ma boîte aux lettres.

Les ordures de *Scoop-Images*. On aurait pu leur décerner le premier prix de cynisme les yeux fermés. Un instant, j'ai caressé l'idée d'entrer dans leur jeu, de monnayer très cher une interview, pour qu'ils nous lâchent enfin et crachent le maximum au bassinet. Qu'ils *payent.* Mais qu'aurions-nous fait d'un argent aussi sale ?

Pour finir, Héloïse m'a parlé d'un plan de riposte. Une idée assez improbable, à laquelle j'ai donné mon accord, même si son succès paraît plus qu'aléatoire. Après tout, j'ai déposé le concept d'« Histoires d'images » au moment de la création de l'émission et je suis libre de l'utiliser comme bon me semble. Gwenaëlle et Thomas accepteront de sortir une première liste de nos contacts. Si le Cardinal me vire en juin, comme je le soupçonne de vouloir le faire, j'aurai au moins rentabilisé mon placard.

Le soir tombait, cet étrange crépuscule qui décapite à toute allure les après-midi de fin d'automne. Les clients du café entraient, sortaient, chargés de paquets, dans la buée et le brouhaha des conversations. Pour eux, nous devions ressembler à un couple anonyme et banal, mari et femme, frère et sœur, amants. Personne n'aurait pu soupçonner que nous étions, à cette heure, deux fantassins presque nus, engagés dans une guerre qui excédait leurs forces.

À mon tour, j'ai sorti les munitions.

– Héloïse, je nous ai trouvé un avocat. Un très bon. On attaque *Scoop-Images*, si tu veux. Ensemble.

Elle n'a pas hésité.

– Oui.

L'air soucieux, elle a martelé la table du tranchant de la main droite et répété :

– Oui, oui. C'est juste que, pour les honoraires...

– Ne t'inquiète pas pour ça. On va se débrouiller.

Le silence est retombé. Pourtant, il nous restait mille choses à nous dire : sur la bombe, l'enquête, la police et ses soupçons ; sur mes angoisses métropolitaines et sa rééducation, sur ma compagne, qui essayait de m'aimer encore et son mari qui prenait le large. Mais les mots nous fuyaient, et nous avons laissé le silence nous envelopper, une fois de plus.

Dans une impulsion, j'ai caressé le début de la cicatrice qui démarrait au-dessus de son poignet, encore rougeâtre et barbelée.

Héloïse n'a pas bougé. Mais le regard qu'elle a levé sur moi avait le calme intense des acquiescements.

Nous nous sommes quittés sous la pluie froide d'octobre. J'ai refermé sur elle la porte du taxi. Non sans avoir tenu, aussi longtemps que possible, sa main valide dans la mienne. Je me souviens surtout de ce que sa crispation légère, fantôme d'étreinte, a murmuré à ma paume avant de s'en détacher.

1er novembre

J'avais eu peur de rencontrer la pitié dans son regard, mais c'est tout autre chose que j'y ai lu, une autre chose qui me bouleverse encore quand j'y pense. Je ne sais plus ce que je veux, avec cet homme, ou plutôt je ne le sais que trop ; la barrière invisible que j'avais placée entre nous est en train de se déliter. L'absence d'Yves, son silence aggravent ma confusion. Alors, la semaine qui a suivi les retrouvailles, je suis retournée travailler.

En entrant dans le hall du ministère, j'ai capté le sourire de Wilfrid, l'agent de sécurité, qui m'a fait de loin un signe de la main. Son visage me disait qu'il était content de me revoir ; il ignorait à quel point la réciproque était vraie. Une fois arrivée à mon étage, j'ai éprouvé une délectation presque physique à sentir de nouveau l'odeur de colle, de poussière et de détergent qui flottait toujours dans l'air. J'ai eu le sentiment fugitif d'être à l'abri, en sécurité dans un espace que l'explosion n'avait touché d'aucune façon. Pourtant, je n'en menais pas large. Je me demandais comment Alphandéry, Élias, Marie-Paule et les autres allaient m'accueillir.

Le couloir était vide – une réunion de service, certainement. J'ai profité du répit pour pousser la porte de mon bureau, et j'ai retrouvé mes objets familiers : la bouilloire, le mug, la photo de Fanny, les reproductions de Martine Franck. Pas un papier, pas un post-it n'avait été déplacé ; pourtant, la surface de mon bureau était vierge du moindre grain de poussière, comme si je l'avais quitté la veille. J'ai sorti le dessin de ma nièce et j'ai entrepris de l'accrocher au mur. Quand je me suis retournée, le voyant de mon téléphone clignotait.

– Héloïse ? C'est Alphandéry. Désolé de vous prendre de court, mais on est en réunion et j'aurais besoin de votre avis sur le budget numérisation. Vous nous rejoignez en B14 ?

J'ai pensé en longeant le couloir que mon efficace chef de service ne perdait pas de temps. Mais ce n'était pas plus mal, ce retour abrupt aux affaires. J'avais un besoin vital de reprendre le cours rapide et fluctuant des choses, de renouer avec mon existence véritable : celle où j'étais une documentaliste compétente et rigoureuse, pas simplement un corps épinglé sur du papier glacé. J'ai frappé à la porte de la salle de réunion et le battant s'est ouvert devant moi.

– Surpriiise !

Les collègues au grand complet m'ont accueillie sous les applaudissements. Alphandéry s'est avancé vers moi, un bouquet de fleurs à la main.

– De notre part à tous. Vous n'imaginiez quand même pas qu'on allait vous épargner ça ?

Patricia, la secrétaire, que j'avais prévenue de mon retour, m'a gratifiée d'un clin d'œil et a réclamé un discours à la cantonade. Tout le monde a ri. Malgré l'émotion, j'ai improvisé un bref laïus de remerciement, trempé mes lèvres dans la coupe de champagne, grignoté un bout de gâteau fait maison. Tous les collègues de l'étage, y compris ceux que je ne croise que de loin en loin d'ordinaire, sont venus me saluer. Aucun d'eux n'a fait allusion à la photo.

C'était comme respirer de l'oxygène après un long confinement, être rendue à la vie d'avant. Il suffisait de se laisser baigner dans cette buée de cordialité, la liqueur douce de la présence humaine. Ce sentiment consolant a persisté bien après la petite fête, quand nous nous sommes tous égaillés, cependant que l'odeur des roses continuait à flotter dans mon bureau.

J'ai ensuite passé l'après-midi rivée à ma chaise, malgré mes courbatures, à tenter de trier les quelque deux mille quatre cents mails qui étaient arrivés en mon absence dans ma boîte professionnelle. Plusieurs centaines émanaient de journalistes, et j'ai très vite arrêté de les lire : une violence, une grossièreté et un aplomb sidérants, même si je commençais à connaître la chanson : « Accordez-nous une interview, et nous vous laisserons tranquille » ; « Cet entretien serait une chance de vous reconstruire. » Je me suis demandé si Olivier avait reçu les mêmes.

À la fin, mes doigts tapaient tout seuls la commande *delete*. C'était comme vider les écuries d'Augias. La tâche était vertigineuse, presque hypnotique, et il a fallu la tête de Patricia dans l'embrasure de la porte pour que je me rende compte qu'il était six heures.

– Ben alors, tu dors ici ?

– Non, je termine deux ou trois choses et j'y vais.

– Je te ramène ?

– Merci, je prendrai le bus. Patricia, je voulais te dire... merci pour tout à l'heure. Tu ne peux pas savoir comme ça me fait plaisir d'être de retour.

Elle m'a fait un petit signe de la main avant de disparaître.

– Et à nous, donc... Tu nous as manqué, tu sais. *Ciao,* ma belle, à demain.

Je n'avais jamais perçu à quel point une expression aussi banale était porteuse de promesses. Des *demain*, il avait failli ne jamais y en avoir. Tout n'avait tenu qu'à un souffle, au courage de ceux qui m'avaient extirpée de mon cercueil de tôle, à la ténacité qu'Olivier avait mise à me remonter à la surface. La mémoire me revenait par fragments. Des voix dans l'ambulance, le souvenir des mains qui me soulèvent. *Elle va se vider avant qu'on arrive.* D'autres avaient eu moins de chance et ne retrouveraient jamais leurs collègues, leur maison, leurs enfants. « Complexe du survivant », m'avait expliqué le psy de l'hôpital. Cette idée-là, aussi, il faudrait l'extirper de ma tête.

Ce soir-là, seule dans l'appartement, j'ai mis du temps à m'endormir malgré la fatigue de cette longue journée. Je me suis finalement laissée glisser dans un rêve hypnagogique complexe, Bergamote blottie dans le creux de mon épaule, Zeugma ronronnant contre mon flanc. Et pour la première fois depuis des semaines, aucun cauchemar, aucune flèche de douleur ne sont venus hachurer mon sommeil.

11 novembre

Hier, Karine est partie. Officiellement, pour « faire le point ».

Elle me demande de ne pas l'appeler.

Je tourne en rond dans l'appartement. Une partie de ses affaires est encore là, mais elle a vidé les armoires de l'essentiel de ses vêtements. Elle a aussi emporté ses disques préférés.

Peut-être que j'ai gâché mes chances de bonheur. Karine est belle, très belle, même, elle a de l'humour, de la classe, elle est cultivée. Mes amis m'envient d'avoir une telle compagne. La façon dont elle a encaissé tout ce qui s'était passé ces dernières semaines, supporté les coups de fil incessants et les commentaires qu'on n'a pas dû manquer de lui faire, m'a prouvé qu'en plus elle avait du cran. Pas sûr que j'aie mérité un tel soutien.

Moi, je suis un égoïste. Un chercheur égoïste. C'est moche, mais les deux vont souvent de pair. Avant le 19 septembre, j'étais convaincu que le monde tournait autour de mon boulot, mes livres et mes émissions. Depuis, moyennant une bombe et une entrevue avec le Cardinal, j'ai eu l'occasion de réviser mes positions. Mais il est un peu tard pour la leçon de choses.

J'essaye de me consoler avec l'éternelle, l'inusable excuse : ma compagne sera plus heureuse avec quelqu'un d'autre. Mais, là aussi, je me mens. Karine souffrira. Et pendant ce temps j'aimerai ailleurs. J'aime déjà ailleurs, au demeurant, et moi aussi je souffre.

Implacable mécanique des relations humaines.

La bouteille de whisky était posée sur la table basse. Son éclat, près de la lampe, était doucereux. Mais j'ai préféré l'ignorer. Trop facile de se noyer dans l'alcool en s'apitoyant sur son sort. Assume, Bérenger. Ta compagne est partie, et reconnais qu'au fond c'est ce que tu espérais. J'ai fermé les yeux et j'ai dû m'endormir, flottant dans des rêves à la densité de vase.

Je me suis réveillé à quatre heures, au milieu d'un cauchemar compliqué, qui mêlait Karine et Héloïse. J'ai sursauté, étouffant, incapable de me rendormir.

En pareil cas, j'ai coutume de me réfugier dans le zapping télévisuel. Cette nuit-là, il s'est révélé encore plus déprimant que d'habitude. Une kyrielle d'émissions pour noctambules, de téléachat, de sexe et de vide. Sur mon bureau, la diode de veille du Mac luisait, tel un petit œil méchant. Je me suis rabattu sur un tour dans le cyberespace.

J'ai d'abord entré « Désafficheurs », un nom que le grand flic avait prononcé devant moi. Je suis tombé sur un site qui n'avait pas été mis à jour depuis plusieurs mois. Des slogans plus ou moins burlesques (« La pub nuit à la fertilité »), des détournements d'affiches et de *jingle*. Le compte Facebook du groupe, lui, avait été suspendu le 24 septembre. En jonglant avec les mots-clés sur les sites de presse, j'en ai appris un peu plus sur ce collectif antipub. Leurs actions avaient l'air aussi potaches que leur site : graffiter des affiches dans le métro ou dessiner des moustaches aux top models. Ils signaient PicaZorro ou le Concombre masqué. D'après *Libé*, un étudiant était l'un des meneurs du groupe. Perhacs, certainement. Pas étonnant qu'il ait cumulé autant d'absences et obtenu des résultats aussi nuls. *Le Parisien*, lui, faisait état de soupçons au sujet d'une intrusion dans une imprimerie de banlieue. Un stock d'affiches porno-chics qui vantaient une marque de lingerie y avait été lacéré au cutter.

Si c'est ça, la dangereuse ultragauche dont parlait Vallières, le ministre de l'Intérieur, je suis perplexe. Qu'est-ce que ces rigolos ont à voir avec notre explosion ? Et pourquoi s'en seraient-ils pris à des voyageurs lambda dans le métro ?

Un peu honteux, j'ai tapé ensuite « Héloïse Trevisan ». C'était la deuxième fois, depuis que je la connais, que j'entrais le nom de mon amie dans un moteur de recherche. Notre photo est arrivée en premier, au milieu de la cohorte de dépêches relatives à l'attentat, qui mobilise les cent soixante-dix premiers résultats de Google. La revoir, nous revoir dans cet état, a été un choc. J'ai mis longtemps à détourner les yeux de mon écran. Comment s'habituer à pareille image ? Et surtout : comment ces salauds avaient-ils fait pour apprendre le nom de famille d'Héloïse ? Venaient ensuite plusieurs sites spécialisés et bases de données télévisées reprenant la fiche technique d'« Histoires d'images ». À la treizième page, j'ai trouvé une « H. Trevisan » et son mail professionnel dans l'organigramme du service d'archives où elle travaille.

Et c'était tout.

Ni blog, ni site, ni réseau social. Mon amie avait toujours souhaité rester inconnue des services du web, ce qui ne m'étonne pas, car elle a le goût de l'ombre. Ses taquineries sur mon addiction à Facebook étaient un des passages obligés de nos déjeuners. Même pour inscrire son nom au générique de l'émission, j'avais dû batailler. Ce qui lui arrive n'en est que plus dégueulasse.

À nouveau l'envie d'un verre. Je regarde la photo sur l'écran. Depuis bientôt deux mois, la vie tourbillonne sur elle-même comme une toupie désaxée, et je me contente de suivre le mouvement. Si j'avais été seul sur ce cliché, aurais-je trouvé le ressort de convaincre l'avocat ? J'aurais peut-être considéré que je recevais la monnaie de ma pièce, et laissé faire.

Mais ce que je ne peux pas admettre, ce que je n'admettrai jamais, c'est qu'ils s'en soient pris à Héloïse de cette façon. J'imagine quel calvaire cette histoire doit être pour elle. Son mari a déguerpi au pire moment – et lui n'a pas d'excuses. Physiquement, elle souffre, bien plus que moi. Et pourtant, elle ne baisse pas les bras. Elle réfléchit, elle calcule, elle cherche une issue. Elle me fait penser à une petite fourmi, obstinée et efficace.

J'écrirai pour elle toutes les pages qu'elle voudra. Je me ferai photographier comme elle me le demandera, tout nu si ça lui chante. Je mettrai en ligne les chapitres du livre que j'avais en projet, et peu importe le contrat que je m'apprête à casser. À la guerre comme à la guerre. Et puisque mon nom a, comme on dit, du capital médiatique, je le dépenserai pour elle avec joie. Mon argent aussi, d'ailleurs. Nos efforts seront peut-être vains. Mais si nous ne tentons rien ensemble, nous allons devenir fous. Fous et seuls au milieu du gâchis de nos vies.

12 novembre

Il y avait encore de la lumière au bout du couloir chez Élias, notre webmestre, quand je suis partie. Sans réfléchir, j'ai frappé.

– Tu as quelques minutes ?

Il m'a fait signe d'entrer en ôtant le casque de ses oreilles.

J'aime bien Élias. Vingt-huit ans, la carrure d'un rugbyman, fâché avec son rasoir, un peu *geek*, mais pas trop. Dans notre petit monde, il tranche. C'est un garçon suprêmement intelligent, un diplômé en mathématiques qui se balade dans les arcanes du web comme s'il l'avait inventé lui-même. Je lui ai parlé de la photo. Il l'avait vue, bien sûr, et il a baissé les yeux quand je l'ai évoquée. Katia avait raison, les autres sont plus gênés que moi. Je lui ai montré les devis des nettoyeurs du net. Et lui ai parlé de mon plan.

– Pas bête, a-t-il commenté. Mais il va falloir de la mise en place informatique.

– Si je t'invite à dîner, tu m'expliques ?

L'appétit d'Élias est légendaire dans le service. Il a accepté ma proposition avec une mine réjouie et je l'ai entraîné dans un boui-boui tunisien que j'avais testé avec Olivier. J'étais presque étonnée de retrouver le décor et la carte intacts, comme si ma dernière visite remontait à des années. Et c'est autour d'un tajine aux citrons confits, qui exhalait une divine senteur d'olives et d'épices, que mon jeune collègue a entrepris de m'expliquer le circuit de diffusion d'une image.

– Tu sais que, quand tu postes une image sur Facebook, elle est mécaniquement répliquée sur plusieurs autres réseaux dans les heures qui suivent ?

– Sans le consentement de la personne ?

– À ce stade, le consentement n'a plus rien à y voir. Le web est plein de systèmes qui récupèrent l'information et la réinjectent aussitôt sur des centaines de pages. Ça se répand à toute vitesse. Comme une épidémie de grippe, si tu veux.

– Dis plutôt de peste. C'est effrayant.

Élias a grimacé. Après avoir enfourné une bouchée de poulet, il a poursuivi.

– Ton vrai problème, à toi, ce sont les moteurs de recherche. Comme ta photo a été publiée sur le site d'un quotidien en ligne, elle s'est retrouvée dans des milliers de fils d'actualité. Résultat, elle crève le plafond des requêtes Google. J'ai vérifié pendant que tu me parlais tout à l'heure.

– On ne peut pas leur demander de l'effacer ?

Élias m'a regardée en soupirant. Ma naïveté devait lui paraître affligeante.

– Non. Les moteurs de recherche sont des États dans l'État. Tu auras beaucoup de mal à te faire déréférencer.

– Qu'est-ce que j'ai comme option, alors ?

Mon collègue a pris le temps de gober la moitié d'une cuisse de poulet avant de me répondre.

– Tu peux essayer tes boîtes d'e-réputation. Ils contactent les sites un par un et essaient de les persuader de retirer l'information. Mais ils mettront beaucoup, beaucoup de temps à tout nettoyer, s'ils y arrivent. Et vu la taille du problème, ça va te coûter un bras.

Nous avons terminé nos verres en même temps. Profitant de mon peu d'appétit, mon collègue avait liquidé les trois quarts de notre plat commun. Je suis revenue à la charge.

– Et leur histoire de « noyage » ?

– Ça donne de meilleurs résultats. Au lieu de supprimer les pages gênantes, ils créent d'autres informations sur toi, disons, plus neutres. Et ils les positionnent en première ligne.

Élias nous a resservis en vin et j'en ai pris une gorgée. Je n'avais presque rien mangé, mais je retrouvais avec plaisir la sensation oubliée de l'alcool, la douce brûlure au creux de l'estomac.

– Cela dit, ça ne dure qu'un temps, et ça ne te met pas à l'abri d'un petit malin qui fera ressortir la photo le jour où ça l'amusera. Ton idée de créer un vrai site, avec du contenu, et d'y indexer vos noms, est plus efficace. Ça te prendra du temps, mais si tes pages sont intéressantes, elles monteront haut dans les moteurs de recherche. Les autres dégringoleront tout en bas de la liste. Tu pourras t'appuyer sur la capillarité du système et retourner le cercle vicieux en ta faveur.

– Si tu le dis...

Le dessert est arrivé. Entre deux bouchées de baklava dégoulinant de miel, mon collègue m'a expliqué des notions complexes : les systèmes de référencement, le *ranking*, l'« obfuscation ». Autant de termes hérissés d'occlusives avec lesquels j'allais devoir me familiariser. Par chance, en programmation, je ne suis pas si nulle. Et le défi intéresse Élias, qui me donnera un coup de main si nécessaire.

Dîner avec ce jeune ogre m'avait remonté le moral. Dans le taxi du retour, j'ai trouvé un SMS laissé par Olivier, qui me précisait le lieu du rendez-vous chez l'avocat. J'ai hâte, et savoir que nous y serons ensemble me donne du courage. Du courage et un peu plus, si je veux me montrer parfaitement honnête : j'éprouve une joie intense à penser que nous nous reverrons dans moins de cinq jours.

16 novembre

Héloïse a débouché au coin de la rue de la Victoire sans que j'aie compris d'où elle sortait. Elle portait un manteau gris très chic, à la coupe asymétrique, des bottes noires et un chapeau de feutre qui masquait ses cheveux retenus en chignon. Il faisait un froid glacial. Sans sa béquille, elle progressait avec prudence sur la chaussée glissante, ce qui lui donnait une démarche de chat circonspect. Elle a pris appui sur mon bras en arrivant à ma hauteur, un geste spontané qui m'a fait plaisir.

Nous avons sonné. Une fois dans la place, j'ai admiré l'archiluxe haussmannien du vestibule. Les tarifs de la consultation risquaient d'être intéressants. Dans l'ascenseur, j'ai essayé de rassurer Héloïse, dont l'appréhension était palpable. Je n'ai jamais rencontré maître Bruand-Leroy, mais je sais que c'est une pointure. S'il a accepté de nous recevoir, c'est forcément que notre affaire l'intéresse.

La contemplation des copies de tableaux de maître – ou peut-être des originaux – dans sa salle d'attente nous a occupés une petite demi-heure. Héloïse a admiré une série d'Helene Schjerfbeck, une peintre finlandaise dont les vues douces et pâles détonaient dans ce lieu cossu. La présence de ces toiles en cet endroit était aussi paradoxale que leur propriétaire.

Gaëtan Bruand-Leroy est un drôle de personnage : médiatique et secret, redouté et recherché à la fois. Son ambiguïté politique, savamment entretenue, fait qu'on le donne pour le prochain garde des Sceaux, quel que soit le gouvernement en place. Mais, pour l'instant, il représente surtout notre espoir de torpiller par la voie légale ceux qui ont diffusé notre photographie.

Une secrétaire d'un certain âge est venue nous chercher et nous a pilotés à travers un dédale de salons et de couloirs. Une armée d'avocats invisibles semblait hanter ce cabinet. Elle s'est arrêtée devant une haute porte de chêne, qu'elle a ouverte, et nous a annoncés avant de disparaître.

Bruand-Leroy était déjà debout pour nous accueillir. C'est un géant d'un mètre quatre-vingt-quinze, conscient de sa haute taille et sachant en jouer. Après une poignée de main rapide, il a aidé Héloïse à retirer son manteau, dans un geste de courtoisie très vieille France. Sans attendre, il nous a désigné un canapé d'angle. J'ai admiré au passage le décor raffiné, parquet à point de Hongrie, mobilier Louis-XV et toile de Jouy, ponctué çà et là de quelques éléments design.

– Expliquez-moi ce qui vous amène.

J'ai sorti de mon sac le numéro de *Scoop-Images* et l'ai posé sur une table basse dont le décor marqueté avait la finesse d'un tableau japonisant.

– Nous souhaiterions les attaquer.

– Pour quel motif ?

Interloquée, Héloïse a rétorqué :

– Il n'y a pas une loi qui interdise ce genre de photo ?

Bruand-Leroy a saisi le magazine. J'ai observé sa main manucurée, mais musclée et un peu épaisse, comme celle d'un ancien travailleur manuel. À son regard, j'ai compris qu'il connaissait déjà cette photographie, et bien d'autres de la même espèce, et que c'était précisément la raison pour laquelle il avait consenti à nous recevoir.

– J'y vois plusieurs motifs de poursuite, en effet : atteinte à la vie privée, atteinte à la dignité. Vous avez une relation personnelle, tous les deux ?

Héloïse a rougi, brusque afflux de sang sous sa peau pâle, et je crois bien que j'ai fait de même.

– Ne soyez pas mal à l'aise. Il me faudrait juste savoir comment argumenter sur cette question.

Héloïse a repris.

– Nous ne sommes pas... ensemble, mais la question n'est pas là. On ne peut pas montrer les gens dans un état pareil, maître.

– Je vous entends, madame Trevisan. Néanmoins, les circonstances dans lesquelles cette image a été réalisée rendent l'objet du litige complexe. Vous permettez ?

Bruand-Leroy a ouvert un étui à cigarettes et nous l'a présenté. Héloïse en a pris une. Encore une chose que je n'aurais pas imaginée, me suis-je dit, la voyant se pencher vers la flamme du briquet laqué que lui tendait l'avocat. Celui-ci a allumé sa propre cigarette et l'odeur de tabac blond a envahi la pièce.

– Dans un cas comme le vôtre, deux droits entrent en conflit : les articles 9 et 16 du code civil, qui protègent la vie privée et la dignité, et ce qu'on appelle le droit de l'information.

L'avocat s'est interrompu pour exhaler une bouffée de fumée.

– Quand un fait se produit sur la voie publique, c'est presque toujours ce droit de l'information qui prime. Vous étiez au mauvais endroit au mauvais moment, et cela dispense les journalistes de vous demander votre avis. Vous vous rappelez l'attentat de 1995 dans le RER Saint-Michel ?

Héloïse et moi avons opiné du chef, ensemble. Et pour cause.

– Une des victimes a été photographiée, juste après l'explosion, à la terrasse d'un café où l'on avait installé le poste de secours avancé. Elle était en partie dénudée, comme vous.

C'était sûrement l'image à laquelle Marie-Anne Narbonne avait fait allusion après notre entretien. Internet n'en possédait pas la trace, et j'avais échoué à en obtenir une copie auprès de la Bibliothèque nationale. Par chance, me disais-je à ce moment précis.

– Cette femme a beaucoup souffert d'être montrée ainsi. Elle a attaqué, et deux autres ont fait de même. Elles ont toutes perdu, en première instance d'abord, en appel ensuite.

L'avocat a marqué une pause, pour ménager ses effets.

– L'affaire a fait du bruit, au point que même la garde des Sceaux s'en est mêlée. Les choses sont montées jusqu'en Cassation. Qui a tranché en faveur des magazines.

J'ai vu Héloïse qui blêmissait. Je me sentais moins sûr de moi, tout à coup.

– Ça veut dire qu'on n'a aucune chance ?

– Je n'ai pas dit cela. Mais je veux que vous compreniez que le terrain est compliqué. Une autre option, plus rapide, consisterait à... disons négocier avec *Scoop-Images.* Trouver un accord financier qui vous éviterait le procès. Ils ont beau dire, ils n'aiment pas les procès. Ils ont fait des pressions sur vous ?

– Des mails par dizaines, pour des interviews. Ça n'en finissait plus.

L'avocat s'est tourné vers Héloïse

– Et vous ?

– Pareil. Et ça, en prime.

Héloïse a sorti la lettre de son sac et l'a tendue à l'avocat. Bruand-Leroy l'a parcourue, impassible. Il m'a toutefois semblé détecter une expression de gourmandise dans la façon dont ses paupières se sont plissées.

– Intéressant. Très intéressant, même.

L'avocat a tapoté la feuille du bout de son stylo laqué.

– Cela s'appelle une tentative d'extorsion. Très mal vu par les juges. Et très facile à faire condamner. Avec cette chose – il a brandi la lettre devant nous, la tenant entre l'ongle du pouce et celui de l'index, comme un détritus –, je me fais fort d'aller voir la rédaction et de vous obtenir un dédommagement substantiel. Plus que substantiel, même.

Héloïse et moi nous sommes consultés du regard. Et avons fait presque en même temps un signe de dénégation.

– Je me fiche de l'argent, a dit mon amie. Je veux qu'ils soient condamnés. Qu'on les oblige à imprimer des excuses dans leur torchon.

L'avocat n'a pas désemparé.

– Si vous gagnez en première instance, ils feront appel. Ensuite, ils iront en Cassation. Ils sont puissants, ils sont riches et leur ténacité est proportionnelle à leur mauvaise foi. Si nous attaquons, il faut vous préparer à une longue bataille.

– Je veux qu'ils soient condamnés, a répété Héloïse. Peu importe le temps que ça prendra.

Bruand-Leroy a exhalé une dernière bouffée de fumée. J'ai compris que tous ces préliminaires avaient été un test, et que c'était cette réponse qu'il attendait.

– Bien. Si j'accepte votre affaire, j'argumenterai dans le sens de l'atteinte à la dignité, qui est ici flagrante. Le fait que la photo se soit retrouvée sur internet est un facteur qui peut infléchir la position des juges. À dire vrai, il ne me déplairait pas de faire évoluer la jurisprudence sur ce point.

L'avocat a soigneusement écrasé le mégot de sa cigarette dans le cendrier de cristal. Puis il a tapoté ses lèvres de ses index joints.

– Je ne manquerai pas de donner par ailleurs la publicité qu'il faut aux... méthodes de travail de cet hebdomadaire. Vous savez, un procès se gagne aussi dans l'opinion publique. À combien évaluez-vous votre préjudice ?

Je suis intervenu.

– J'ai perdu mon émission à cause de cette photo.

– Et vous ? a dit Bruand-Leroy en se tournant vers Héloïse.

Mon amie a observé un long silence avant de répondre.

– J'ai honte partout où je vais, même quand je sors pour boire un café. Mon mari ne m'adresse plus la parole. Mais ça ne s'évalue pas, je suppose ?

– Détrompez-vous, a dit l'avocat, tout a un prix en droit. Voici ce que je vous propose.

Il a dit un chiffre à quatre zéros. Héloïse et moi sommes restés songeurs.

– Nous y ferons ajouter les frais de justice à leurs dépens. Si nous gagnons, je prends douze pour cent en plus de mes honoraires, si nous perdons, l'addition est pour moi.

Nous nous sommes consultés du regard, sachant que l'occasion ne se présenterait pas deux fois.

– C'est d'accord.

– Parfait. Je demande à ma secrétaire de vous fixer un autre rendez-vous.

Bruand-Leroy s'est levé et a aidé Héloïse à passer son manteau, avec une délicatesse qui m'a étonné. La raideur du bras de mon amie ne lui avait pas échappé. Il nous a raccompagnés en personne. Sur le pas de la porte, avec une matoiserie qui détonait sur son visage de patricien, il nous a dit :

– Vous avez eu raison de venir me voir. À compter de cette minute, vous n'êtes plus la proie, vous êtes le prédateur. Vous allez voir, c'est un changement de rôle tout à fait intéressant.

24 novembre

Bruand-Leroy a tenu parole : j'ai reçu aujourd'hui une épaisse enveloppe en provenance de son secrétariat. Au téléphone, le lendemain de notre entrevue, j'avais eu peur qu'il m'envoie paître. Mais la conversation avait pris un tour inattendu.

– Une femme de votre intelligence ne commettrait pas l'erreur de douter de mes compétences. Pourquoi voulez-vous lire ces textes ?

– Je veux comprendre. Qu'on puisse *légalement* traiter des êtres humains de la sorte, ça me dépasse.

– Madame Trevisan, je ne vous apprendrai pas que le sordide fait vendre. Cela dit, ce que le droit essaye de préserver, pour la presse, c'est la liberté de représenter l'actualité, *toute* l'actualité, quoi qu'elle raconte. La frontière entre protection et censure est mince. S'en approcher est toujours dangereux.

– J'ai retrouvé leur témoignage sur le site de SOS-Attentats. Elles racontent qu'elles ont supplié les photographes d'arrêter, et qu'ils ont continué.

Mais qui fait ça, maître, d'habitude ? *Qui*, à part les tortionnaires et les violeurs ?

– Vous êtes très en colère, n'est-ce pas ?

La question m'a prise au dépourvu. Sans attendre la réponse, l'avocat a poursuivi.

– Restez-le. N'écoutez pas trop les âneries des psys sur le pardon, l'acceptation et tout le reste. Il y a un temps pour tout. Et, pour le moment, c'est votre indignation qui vous tient debout. Si un peu de lecture peut vous aider, je vous ferai tenir ces documents. Sans faute.

L'enveloppe contenait les copies du jugement du tribunal de grande instance de Paris. La « grosse », comme disent les avocats, assortie de quelques photocopies tirées d'un ouvrage relatif au droit de la vie privée, de coupures de presse et d'impressions de sites web. Je me suis emparée des pages, sans même détacher les trombones qui les maintenaient. Je les ai lues avec avidité. Et je n'en ai pas cru mes yeux.

En fait, il y avait eu deux jugements, tous les deux opposant des victimes de l'attentat du RER à la presse. Un raccourci cruel, dans le coin supérieur gauche de la feuille dactylographiée, en résumait l'issue :

VIE PRIVÉE
DÉBOUTÉ.

Derrière la compacité de la prose administrative, on devinait l'embarras des magistrats qui avaient jugé la première affaire. Il faut dire que les hebdomadaires n'y étaient pas allés de main morte, avec des titres comme « 17 h 30 dans le métro du massacre ». On imaginait sans peine les images, et on les imaginait d'autant mieux que le jugement décrivait l'une des victimes, avec sa robe presque entièrement arrachée par l'explosion.

Bien que les mots du ministère public fussent sans équivoque, qui disaient la détresse, le dénuement des blessés, et l'inéluctable avilissement des lecteurs à qui était offert ce spectacle, ils n'avaient pas empêché les avocats du groupe de presse de gagner par ce qui ressemblait à un KO technique. Le tribunal avait relaxé le magazine en raison de l'« absence d'une définition suffisamment précise » pour qualifier l'infraction. Il est vrai qu'il n'y avait pas de mots dans le code pénal pour décrire ce geste très particulier qui consiste à violer la douleur avec un objectif.

J'ai essayé d'imaginer ce qu'avait éprouvé la plaignante à l'énoncé du jugement. S'était-elle sentie doublement trahie ? Une deuxième fois blessée dans sa chair ? Avait-elle éprouvé la même frustration que celui qui voit le coupable sortir libre parce qu'une preuve a été mal cataloguée, une signature oubliée au bas d'un formulaire ?

Les deux autres victimes n'avaient pas eu plus de chance. Les avocats du magazine, enhardis par le premier verdict, avaient plaidé sans sourciller l'humanisme de ces images sanglantes, prétendant qu'elles mettaient en avant la solidarité des passants envers les victimes ; ils leur avaient même, dans un bel élan de jésuitisme, prêté des vertus pédagogiques contre l'intolérance et « la menace islamiste ». Pour ma part, j'y voyais plutôt une formidable publicité gratuite faite aux poseurs de bombes. De toute façon, le jugement final n'avait laissé aucune chance aux plaignantes, se retranchant derrière les « nécessités de l'information ». C'est tout juste s'il avait gracié les malheureuses des dommages et intérêts que le magazine avait eu l'aplomb de leur réclamer.

Mais quelles étaient-elles, au juste, ces fameuses « nécessités de l'information » ? Le spectacle de la mort en direct était-il devenu un dû ? On avait bien d'autres pudeurs quand il s'agissait de masquer le visage d'un confrère retenu en otage. Et nous-mêmes, dans tout cela ? Quel genre d'êtres stupides, engourdis de violence, étions-nous devenus, qu'il nous faille voir le sang en double page pour admettre qu'il avait coulé ?

J'ai survolé le reste des documents. Les appels, perdus. Le recours en Cassation, perdu. Le droit de l'information, qui revenait comme une antienne ou une formule magique. Et, enfin, des directeurs d'hebdomadaires qui se félicitaient de leur victoire, brandissant le spectre – par eux bravement déjoué – de la censure.

Lisant ces jugements et l'insolente mauvaise foi qui suintait des plaidoiries, je comprenais surtout qu'une mécanique de presse cupide, dont le travail ressemblait plus à un tapin sur le boulevard de l'horreur qu'à du journalisme, détournait à son profit des lois qui n'avaient pas été écrites pour elle ; je constatais l'incroyable hypocrisie de cette entreprise – mais n'était-ce pas au fond celle de n'importe quel plan social truqué, de n'importe quelle créance pourrie – prête à vendre la dignité de n'importe qui pour quelques parts de marché, le bon plaisir des actionnaires ou trois grammes de notoriété supplémentaire.

Pour ces gens-là, nous n'avions rien été, et même moins que rien – juste un paramètre susceptible d'améliorer un tirage hebdomadaire.

Bruand-Leroy avait vu juste quant à ma réaction. Mon indignation était montée d'un cran. Mais ce n'était plus cette colère épuisante, stérile, qui m'avait minée au début ; c'était une rage froide, déterminée, presque balistique. Puisque la justice semblait démunie au royaume de l'image, nous allions attaquer par un autre angle, l'homéopathique. Qui signifie littéralement : soigner le mal par le mal.

27 novembre

Héloïse m'écrit afin de me demander un texte d'ouverture pour le site. Rien que je ne sache faire : introduction, paragraphe, développement. Style ferme et factuel, marque de l'efficace universitaire. En fait, je suis resté deux heures devant mon écran, à taper un mot pour en effacer trois. J'ai fini par fermer l'ordinateur d'un claquement sec et je me suis échoué dans un fauteuil.

Je ne me sens plus capable de pérorer d'autorité sur la photographie.

Je ne suis plus celui qui maîtrise, construit, joue avec les concepts et les transitions comme avec les pièces d'un Meccano. J'ai perdu et la distance et la neutralité.

Je suis juste un homme en colère.

Parce que ce à quoi j'ai cru, mon rôle de déchiffreur de la vie des autres, a vacillé sous le coup d'une seule photo.

Oui, je suis furieux. Non seulement contre moi, qui n'ai rien vu venir, mais aussi contre tous ceux qui ont collé leurs fantasmes et leurs terreurs sur mon existence et se comportent avec elle comme si elle leur appartenait.

Dans une impulsion, je me suis relevé, j'ai attrapé un bloc-notes et un stylo-bille. J'ai laissé les mots s'écouler hors de moi avec l'impression de libérer une rivière de boue. La pointe écorchait le papier bon marché, le transperçant d'une écriture rageuse que je ne me connaissais pas.

Parce qu'il me fallait dire mon immense désarroi devant ce monde qui aime les images à la folie et ne sait quel usage en faire. Parler de la hantise des photos, celles qui nous obsèdent et que j'avais voulu exorciser, les images des enfants ouvriers au visage noir de crasse et de charbon, les images obscènes des sexes ouverts, des corps offerts, de la chair prostituée, les images des corps décharnés des cadavres d'Auschwitz et, de ceux qui, là-bas, morts, ne l'étaient pas encore. Dire ma honte et celle de tellement d'entre nous parce que nous ne connaissions plus et ne connaîtrions jamais le nom de ces ombres, ceux dont le regard avait été avalé de l'intérieur, et qui n'avaient présenté devant l'opérateur que leur propre fantôme, au-delà de la honte, de la pitié et du sens.

Parce qu'il me fallait avouer aussi combien, désormais, je me sentais démuni pour combattre la violence iconographique, la sournoiserie avec laquelle elle s'insinuait dans les mémoires, les brutalisait, les contaminait. Cette violence qui m'avait rattrapé et m'avait réduit au rôle de figurant, un de plus, dans ce tableau sanglant aux multiples visages. Si pour un temps j'avais cru aux hommes et aux femmes de bonne volonté, ces bienveillants archivistes de la lumière, si j'avais eu de la gratitude pour ceux qui placent sur la trajectoire de l'œil un geste, une lumière, la délicatesse d'un détail, je devais désormais admettre qu'ils ne suffisaient pas. Qu'ils ne suffiraient jamais.

Parce qu'ils étaient trop peu nombreux pour arrêter l'avalanche des images, l'égout des images. Parce que nous étions naïfs à vouloir nous convaincre qu'une vérité pouvait sortir de cette purulence iconographique. On n'avait pas tué moins depuis qu'on avait montré les morts des camps ; on n'avait pas torturé moins depuis qu'un bref émoi avait secoué le monde devant des hommes humiliés, à genoux, le corps nu et la tête dans un sac en papier à Abou Ghraib. Je pourrais faire autant d'émissions que je voudrais, je ne changerais rien à cela.

Je ne pouvais, en vérité, qu'avouer ma défaite devant le très vieux goût du meurtre, de l'écrasement et de la haine qui habitait ces clichés. Et constater que notre seul, infime, dérisoire pouvoir consistait à nous refuser à ceux, prédateurs, qui n'avaient pour autre objet que de nous imposer la vue du résultat encore palpitant de leurs lamentables chasses à courre.

1er décembre

Mon ami m'a envoyé hier un texte inattendu, un brûlot lyrique, amer et révolté. Je n'ai compris qu'à ce moment-là combien lui aussi avait été blessé par la photo, mais pas de la même manière que moi. Il a perdu confiance dans les images, ce qui pour un historien de la photographie équivaut à une perte de foi. Aussi durs soient ses mots, je les trouve justes, et je suis heureuse que nos voix se mêlent sur ces pages : même si c'est moi qui en ai eu l'idée, *Un siècle à l'œil*, notre site, sera notre « bébé », comme on dit, à tous les deux. Je veux que sa réalisation aide Olivier à reprendre pied, à surmonter le scepticisme qui le mine aujourd'hui. Parce que, il a beau dire, son travail, c'est toute sa vie. Je ne peux me défaire de l'idée que s'il n'avait pas essayé de me sauver, il n'aurait pas perdu son émission.

Mutatis mutandis, le principe du site sera le même que celui d'« Histoires d'images » : proposer des photos et les faire commenter. Je veux attirer des historiens et des étudiants, mais surtout renouer avec le grand public, celui qui suivait l'émission à la télévision. Je songe à des commentateurs célèbres, des écrivains, de ces sociologues de renom ou de ces politiciens que connaît Olivier. Ceux dont le nom affole les moteurs de recherche, justement. Même si c'est terrible à dire, notre statut de victime nous a conféré une véritable notoriété. Au point où nous en sommes, autant en faire usage.

Je proposerai aux visiteurs d'envoyer leurs propres photos de famille, ces images pâlies de parents ou de grands-parents qui ont fait la guerre, ont dansé dans les guinguettes de Joinville le dimanche ou suivi les grèves du Front populaire... Chacun a son brin de narcissisme, et c'est là-dessus que je table. Je suis certaine que tous voudront montrer « leur » photo, faire lire le commentaire. Ils afficheront des liens, bombarderont leurs réseaux sociaux. Ils cliqueront, cliqueront... Et le site progressera dans l'algorithme Google.

Je rêve qu'à partir de là quiconque cherche notre nom trouve notre photo, celle de la page d'accueil, à côté de l'autre dans le haut de l'affichage. Je ne suis pas naïve au point de croire que le portrait que nous nous apprêtons à faire réaliser suffira à effacer le cliché sordide du paparazzo ; mais, par sa surenchère de perfection, il le videra de signification. L'image du métro deviendra barbare, illisible, paradoxale, ne laissant à nu que sa violence et son obscénité.

Olivier et moi nous appelons presque chaque jour. Étrange quand on pense à ces semaines durant lesquelles nous ne nous sommes pas parlé... Avec Yves, c'est exactement l'inverse : bientôt une semaine que je n'ai pas entendu le son de sa voix. Des mails, des mots neutres et brefs pour prendre de mes nouvelles. Malgré l'ambiguïté croissante de mes sentiments pour mon mari, j'ai du mal à ne pas m'en sentir blessée. Hier, il a évoqué une possible prolongation de son séjour à Seattle. Je me suis forcée à ne rien en penser.

Quand j'ai reçu la lettre bleue, c'est donc logiquement à Olivier que j'en ai parlé ; mais c'est Bruand-Leroy qui, en définitive, m'a convaincue d'accepter. Il y voit une occasion de retourner la situation à notre avantage en infléchissant l'opinion publique en notre faveur. Quoi de plus efficace, selon lui, que les médias pour dénoncer les médias ? Lui-même est en train d'essayer d'intéresser un célèbre hebdomadaire satirique à notre cause : d'après notre avocat, la photo de *Scoop-Images* n'a pas fait l'unanimité au sein des rédactions.

Malgré tout, je ne sais toujours pas si j'ai eu raison ou tort de faire confiance à cette femme, dont le courrier m'était arrivé au département Patrimoine. Elle est journaliste dans un magazine de psychologie et prépare un dossier sur le retour à la vie professionnelle après un traumatisme. C'est la dernière phrase qui m'a décidée : « Cette enquête sera, je l'espère, utile à tous ceux qui ont vécu le même genre d'épreuve que vous. Mais je comprendrais que vous refusiez de me rencontrer. »

Je l'ai appelée et l'on s'est retrouvées dans un café quelques jours plus tard. Elle s'appelle Florence Soukatchoff, elle a mon âge, et la douceur de sa poignée de main m'a plu. J'ai posé d'entrée mes conditions : pas de questions sur la vie privée, un droit de relecture par mon avocat, et pas d'autre photo que celle que je fournirai. J'ai surtout demandé (exigé serait le terme exact) que l'article fasse mention de l'adresse de notre futur site. Elle a acquiescé à tout sans discuter.

Ses questions étaient justes : parfois déstabilisantes, mais honnêtes. Pendant deux heures, on a parlé de la peur, de la douleur physique, de la fatigue, de la vie quotidienne qui se dresse devant vous comme une montagne. Des problèmes de mémoire, de concentration, de confiance en soi. Elle me laissait dire sans m'interrompre. Quand son téléphone a sonné, faisant entendre un bruit étrange d'ondes Martenot, elle l'a coupé sur-le-champ. Elle m'a demandé si j'acceptais d'évoquer la photo de *Scoop-Images* dans l'article. J'ai dit que oui. Je lui ai donné mon point de vue sur l'humiliation, la mienne et celle de mes collègues, obligés de composer avec ce corps obscène dévoilé devant eux. Je lui ai parlé de la lettre du magazine et, devant son air incrédule, je lui en ai tendu une photocopie. Elle l'a lue en silence. Je lui ai dit, sans réfléchir : « Vous autres, journalistes, vous ne savez pas le mal que vous faites. »

Elle m'a répondu, avec beaucoup de douceur, qu'il y avait bien des manières de faire du journalisme, et que celle de *Scoop-Images* n'était certainement pas la sienne.

Après l'avoir quittée, je me suis sentie mieux.

Histoires d'images

Endza Chakhnour, vingt-neuf ans, infirmière (Cergy)
7 mai 2012

On sait qui est cette femme ? Rose Zehner ? Je n'ai jamais entendu ce nom, est-ce qu'elle est célèbre ? Elle aurait pu, pourtant. Quelle allure ! Avec sa robe grise, son embonpoint et son bagout, elle en installe, comme on dit.

Vous avez vu comment elle harangue son assemblée ? Debout sur une table, le bras tendu. Elle a l'air de sortir d'un film, une vraie pasionaria en noir et blanc. Regardez comme elle les entraîne, comme elle les fascine, toutes. Avec son corps penché vers l'avant, avec sa main serrée sur ses notes, on dirait qu'elle s'apprête à se jeter dans une bataille dont on ne connaît pas l'enjeu.

Les femmes rassemblées dans la salle sont suspendues à ses lèvres. Elle doit les appeler à la grève ou à la résistance, dénoncer les patrons, les contremaîtres, les fascistes, quelque chose de violent, de dur, de déterminé, en tout cas, elle est en colère, Rose Zehner, ses phrases cognent et sa véhémence est contagieuse, on la voit briller sur les visages tendus vers elle.

Le décor est moche comme tout, avec ses poutrelles métalliques, sa poussière qui flotte dans l'air, la grisaille des blouses. Mais le photographe en a fait autre chose, une scène de théâtre, un décor de cinéma. Rose Zehner, c'est sa star, son héroïne.

De quand date cette image ? Le Front populaire, oui, forcément... Et qui l'a prise ? Willy Ronis... connais pas. Mais pour moi, ce qu'il a fait là, cet homme, c'est du grand art : pas de pose, pas de trucage, un seul déclic et, hop ! il raconte la vérité de la lutte en une seconde. C'est vraiment beau.

Moi, ici, je suis déléguée syndicale. La pression, la mauvaise foi, les coups tordus de la direction, je connais par cœur. Alors je peux vous le dire : je me sens fière, quand je regarde Rose Zehner.

2 décembre

Son appartement ne ressemble en rien à ce que j'imaginais : plutôt grand, assez impersonnel, quelques paysages de Michael Kenna, un peu (très peu) de mobilier suédois, des livres. Nu comme un logement de fonction. Des DVD posés à même le sol, nombreux, entassés en piles régulières contre les murs (est-ce son mari ou elle qui est cinéphile ?)

Précédés d'un bruit mat de pattes sur le parquet, j'ai vu apparaître ses chats, deux petits pots de colle noir et blanc, intimidés par ma présence. Héloïse s'est assise en prenant appui sur sa béquille, et a attiré la plus menue vers elle. Elle adore ces animaux, je l'ai compris en observant avec quelle passion elle plongeait ses mains dans leur fourrure. Encore un visage d'elle dont j'ignorais tout.

– Thé ou whisky ? a-t-elle suggéré.

J'ai cru qu'elle plaisantait, mais non. Sur ses indications, j'ai trouvé une bouteille de Jura dans un placard aux trois quarts vide, et des glaçons dans le congélateur. Lequel congélateur ne contenait lui-même qu'un demi-sachet de courgettes et un reste de glace au citron.

– Tu as quelqu'un pour te faire les courses ?

– Arrête, on dirait mon père.

Je me suis assis en face d'elle et je nous ai servi un verre. L'autre chat a grimpé sur mes genoux et s'y est aussitôt roulé en boule. L'espace d'une seconde, je me suis imaginé ici avec Héloïse, rentrant du travail, remplissant le réfrigérateur à craquer, faisant la cuisine, sirotant des portos. On aurait regardé ses DVD ensemble, je lui aurais préparé mon colombo de poulet et, le dimanche soir, de retour du cinéma, on aurait bu du bordeaux en lisant avec chacun un chat sur les genoux.

N'importe quoi. Elle est mariée, Olivier.

Un blouson d'homme, accroché à la patère de l'entrée, était là pour me le rappeler.

Nous avons parlé du rendez-vous chez l'avocat. Nos chances de l'emporter par la voie judiciaire sont minces, mais pas inexistantes. Sur ce point, Héloïse est plus pessimiste que moi. Elle a potassé les décisions, et ce qu'elle m'en a dit m'a paru surréaliste. Elle pense que les défenseurs de *Scoop-Images*, qui ont fait du scandale leur fonds de commerce, ont le droit pour eux et qu'ils auront raison de la pugnacité de Bruand-Leroy. Moi je suis certain du contraire : l'avocat place la barre très haut, c'est toute la jurisprudence qu'il veut faire bouger au moyen d'un procès exemplaire. Un gibier de cette taille est pain bénit pour lui.

En attendant, il nous plaît bien, le vieux renard. Grâce à lui, les équipes juridiques de *Scoop-Images* s'apprêtent à vivre de rudes moments. Le savoir m'inspire une forme de plaisir mauvais.

On a parlé de l'enquête, aussi. Après les remous autour des premières interpellations, tout semble désormais au point mort. Certains des étudiants qui ont été arrêtés il y a deux semaines ont été relâchés, un autre, dont le nom n'a pas été révélé, est recherché par la police. Les journaux, eux, ne pipent plus mot, certainement penauds d'en avoir trop fait la première semaine. Mais d'après une rumeur qui se répand chez plusieurs avocats des parties civiles, la piste terroriste serait sur le point d'être abandonnée.

Si les enquêteurs avaient été dans le métro à notre place, ils comprendraient pourtant qu'une explosion pareille ne peut pas être le fruit du hasard. Mais il faut croire que notre affaire n'est plus prioritaire. Si rien ne bouge, j'ai décidé de demander un rendez-vous au juge d'instruction pour en avoir le cœur net. Je ne retrouverai pas le sommeil avant de savoir qui s'en est pris à nous, et pourquoi.

À mon deuxième whisky, j'ai enfin dit à Héloïse, pour Karine, qui – c'est officiel depuis hier – ne reviendra pas. Mon amie a paru sincèrement navrée. M'a demandé si je voulais en parler. J'ai fait signe que non. D'après ce que je vois, son mari à elle n'est pas revenu non plus. Après un long silence, j'ai failli porter un toast amer à nos solitudes respectives. Mais c'est à ce moment qu'Héloïse m'a fait signe d'attraper la tablette posée sur la table basse et m'a désigné la place, à côté d'elle.

– Viens voir.

J'ai obéi, emportant le chat qui s'est agrippé à mes genoux dès que j'ai été de nouveau assis.

– Oh, oh, tu as gagné son cœur. Elle ne fait pas ça avec tout le monde.

La remarque m'a décontenancé et j'ai eu la brève tentation d'en rougir, ce qui ne me ressemble guère. Quand mon genou a frôlé le velours du pantalon de mon amie, je me suis senti troublé comme un collégien. Impavide, Héloïse a fait semblant de ne rien voir, tapotant à toute vitesse de la main gauche sur son écran tactile. Elle m'a tendu la tablette.

– Alors ? Qu'est-ce que tu en penses ?

J'ai chassé mes pensées parasites et me suis concentré sur l'écran. J'en pense que c'est bien, vraiment bien. Elle a fabriqué un site avec presque rien. Pourtant, ses pages ont une présence, une intensité. Le fond blanc fait vibrer les photos et la police sobre, nette à l'œil, rend la lecture des textes aisée. Mon amie s'est penchée vers moi et a désigné un large emplacement vide sur la page d'accueil.

– On mettra notre photo à nous ici.

Assis à côté d'elle, j'ai senti la chaleur de son corps, son parfum qui montait vers moi par bouffées. À nouveau, je pensais à plein de choses qui n'avaient rien à voir avec le site. J'ai préféré reculer de quelques centimètres.

– Quand est-ce qu'on y va, au fait ?

– Vendredi. Je passe te chercher en taxi, si tu veux.

J'ai continué à naviguer sur quelques pages, encore vides. Héloïse avait rempli les masques avec des photos noir et blanc. Des paysages de campagne française, la Touraine ou le Bourbonnais, mais saisis avec un classicisme quasi japonais. De ces vues émanait une puissante mélancolie, et j'ai su tout de suite qu'elle en était l'auteur.

– Ne fais pas attention, a-t-elle ajouté, ce sont de vieux tirages argentiques que j'ai scannés. Du temps où j'étais étudiante.

J'aimais ce que ces images me racontaient de celle qui les avait faites ; j'aurais volontiers pris le temps d'en voir d'autres. Mais nos mains se sont heurtées au-dessus de l'écran tactile quand Héloïse est revenue sur la page d'accueil.

– On va la truffer de mots-clés, celle-là. Et je vais la faire référencer par Élias. Il est doué, lui. Il va nous propulser en haut des requêtes comme une fusée.

Héloïse a souri et tapoté mon genou de sa main valide.

– On va battre l'algorithme de Google.

J'ai alors compris que l'alcool était la cause de sa légère euphorie. J'ai demandé où était la salle de bains. Moi-même je commençais à être un peu gris. J'avais besoin de me rafraîchir.

Quand j'ai regagné le salon, Héloïse s'était endormie, l'ordinateur sur les genoux. Je l'ai observée. Ses cheveux qui s'échappaient de son chignon en train de se dénouer. Ses paupières, alourdies d'ombres bleutées, qui tressautaient au rythme des mouvements oculaires. Et cette cicatrice qui mâchurait son avant-bras à partir du poignet. J'avais une terrible envie de la toucher. Je n'aurais eu qu'un geste à faire, et je devinais qu'elle ne m'aurait pas repoussé.

Mais on lui a, ces dernières semaines, assez volé d'elle sans lui demander son avis.

J'attendrai.

5 décembre

Fanny a sauté dans mes bras. Gabriel ne m'avait pas prévenue qu'elle l'accompagnerait. J'ai stoïquement enduré la douleur, tant j'ai eu de plaisir à la revoir. Ma nièce portait une robe de laine jaune pâle et ses cheveux d'un noir bleuté étaient retenus par des barrettes dorées. On aurait dit une poupée chinoise. Comment mon affreuse belle-sœur a-t-elle pu enfanter une créature aussi ravissante ?

La petite s'est assise à côté de moi sur le canapé. Silencieuse, elle a passé son doigt le long de la cicatrice de mon avant-bras, puis a soufflé de toutes ses forces, comme pour éteindre les bougies d'un gâteau d'anniversaire. J'ai souri.

– Ah, merci, ça va mieux !

J'ai gratifié ma nièce d'un baiser sur le front. Ses cheveux doux et lisses sentaient le shampooing et la citronnelle. Elle m'a demandé :

– Je peux aller dans ta chambre chercher le livre des fées ?

– Vas-y, ma puce.

Elle est partie et je l'ai entendue gazouiller avec les chats, qui faisaient la sieste sur la couette. L'espace d'un instant, la vie a retrouvé quelque chose de sa normalité, de son insouciance. J'ai pensé qu'il faudrait se souvenir de ce moment, qu'il en préfigurait d'autres, de douceur revenue. Pendant ce temps, Gabriel préparait pour nous deux expressos et sortait les assiettes. Il avait pris des gâteaux à la boulangerie, avec sa délicatesse coutumière.

– Comment te sens-tu ?

– Beaucoup mieux. J'ai repris le travail.

– Oui, Yves m'a dit, au téléphone. Des nouvelles pour ton enquête ?

– On dirait. On est convoqués chez le juge la semaine prochaine, pour une réunion d'information.

– J'espère que les déséquilibrés qui ont fait ça vont prendre le maximum.

Gabriel a gardé le silence quelques instants.

– Je voulais te dire, pour la dernière fois... je suis vraiment désolé. Tu sais, Fabienne a toujours eu un caractère...

– Ce n'est pas votre faute.

– Si seulement je pouvais te croire. Et... avec Yves, comment ça va ?

Cette fois, c'est moi qui me suis tue. J'ai de l'estime pour mon beau-père, et aucune envie de lui mentir.

– Très franchement, je ne sais pas. Il prolonge sa mission à Seattle jusqu'en février. Il va peut-être rester plus longtemps.

Gabriel s'est mordu les lèvres, pensif.

– Héloïse, je n'approuve pas la conduite de mon fils. Il ne devrait pas te laisser seule dans un moment pareil. Mais il faut que tu saches qu'il a eu beaucoup de pression.

– Quelle pression ? ai-je demandé un peu trop sèchement.

Long silence. Comme souvent, mon beau-père tournait sept fois la langue dans sa bouche avant de parler.

– J'ai décidé de te le dire car lui ne le fera pas. En fait, les journalistes l'ont harcelé. Une heure après l'attentat, ils étaient déjà à l'hôpital, ils avaient trouvé ton nom et, par conséquent, le sien. Ils ont appelé : ils voulaient une photo de toi, et ont menacé de publier l'autre, celle du métro, s'ils ne la recevaient pas dans les vingt-quatre heures. Yves n'a pas voulu céder et... tu connais la suite. Il était effondré en voyant la couverture de *Scoop-Images*, il s'en veut encore. À mon avis, il a tort, parce qu'ils auraient publié quand même. Et malheureusement, ça ne s'est pas arrêté là. Pendant ton hospitalisation, ils l'ont appelé sans arrêt, ils sont même venus jusqu'à votre immeuble. Finalement, ils se sont présentés au siège de TechAir et ils ont réussi à s'introduire dans la cafétéria. C'est la sécurité qui a dû les mettre dehors. Ensuite, consignes, note de service et tout le tremblement. La direction a laissé le choix à Yves : prendre un congé maladie, ou partir pour les États-Unis avec toi, s'il voulait, le temps que cela se tasse.

J'ai senti mon visage se décomposer. Gabriel a poursuivi.

– L'autre problème, tu t'en doutes, c'est que la couverture de *Scoop-Images* a fait jaser. Il y a eu des réflexions de couloir, des sous-entendus de collègues. Rien de méchant, encore que... Je sais bien que tu n'y es pour rien. Mais ça a été très dur pour Yves. Il s'est imaginé des choses.

J'avais mal jugé mon mari. Atterrée, j'ai lâché :

– Il avait tort. Mais j'ai peur de finir par lui donner raison.

Mon beau-père, à son tour, a changé de visage. Fanny était toujours dans la chambre, en train de jouer avec les chats, mais nous avons tout de même baissé la voix.

– Vous allez divorcer ? m'a demandé Gabriel.

La question m'a prise de court.

– Je ne sais plus. Je crois qu'on ne pourra pas continuer comme ça. Il m'arrivait même de le penser... avant.

Mon beau-père a croisé les jambes et il est resté longtemps silencieux. Son visage était sombre.

– Je ne devrais certainement pas te dire ça. Mais, parfois, il ne faut pas faire de sacrifices plus grands que soi. Tu veux des enfants et lui n'en veut pas, n'est-ce pas ?

Il y avait une tristesse infinie dans sa voix, comme si lui-même avait connu la blessure d'un choix, et qu'il la regrettait encore. J'ai été étonnée par ce semi-aveu, mais plus encore par ce qu'il m'a dit ensuite.

– Je préférerais que tu restes, tu t'en doutes. Et j'espère que c'est ce que tu vas faire. Mais je ne te jetterai pas la pierre si tu choisis l'autre homme. Seulement, si tu n'aimes plus Yves, dis-le-lui. Si tu veux le quitter, fais-le sans te cacher. C'est la seule chose qui pourra adoucir le chagrin de mon fils : la certitude que tu ne l'auras pas trompé.

Addition

7 décembre

Le lieu est imposant. Escalier, tentures rouges, parquets qui craquent, portraits immenses accrochés au mur. Sabine Azéma a l'œil méditatif, Juliette Binoche me sourit personnellement. Ma présence ici est un trompe-l'œil, une erreur de casting. Mais c'est précisément à cette fin que nous sommes venus. Pour devenir les acteurs de notre propre vie.

Nous sommes introduits auprès d'une femme élégante. Elle est mince, brune, et parle avec un petit accent sud-américain. Elle s'appelle Luiza et sera notre photographe. Sa poignée de main est chaleureuse. Avant de commencer, elle veut savoir pourquoi nous désirons faire réaliser ce portrait. Une jeune maquilleuse, à côté d'elle, nous écoute attentivement.

Héloïse sort le numéro de *Scoop-Images* de son sac. Elle leur explique que c'est nous, sur la photo. Durant un instant, l'atmosphère se fige, comme si le froid du dehors venait de rentrer d'un coup dans la pièce. Je vois bien que les deux femmes sont interloquées par l'image. Ou peut-être qu'elles l'avaient déjà vue et qu'elles sont gênées de se retrouver, sans prévenir, en face de ses protagonistes. Au fur et à mesure qu'Héloïse raconte notre histoire, je vois les yeux de Luiza se plisser sous le coup de la réflexion. Curieux défi pour elle puisque nous lui demandons de réparer les dégâts avec l'instrument exact qui les a causés. Pourtant, je pressens que nos interlocutrices, une fois la surprise passée, seront de notre bord. Qu'elles mobiliseront le meilleur de leur savoir-faire pour nous aider à restaurer une image acceptable de nous.

Nous avons suivi les consignes et emporté avec nous une véritable garde-robe. Annabelle, la maquilleuse, la déploie sur des cintres. Longuement, nous discutons avec elle de la tenue que nous allons choisir.

Après quoi nous sommes maquillés tour à tour, devant un grand miroir cerné de moulures anciennes. La jeune femme a des gestes posés, précis, patients. Petit à petit, entre ses mains, je vois disparaître les pastilles rosâtres qui constellent encore mon front, la cicatrice sur la pommette. Elle taille un peu le sourcil, dont la ligne de faille sera corrigée à la retouche. Mais c'est lorsqu'Héloïse descend à son tour du siège, appuyée sur le bras d'Annabelle, que je suis saisi par la magie de la transformation. Le masque de l'épuisement s'est volatilisé. Mon amie a désormais le teint luminescent d'une actrice, la bouche carmin, et ses iris changeants semblent presque liquides sous le feston des cils.

Dans le studio de prise de vue, Luiza nous installe, nous observe pendant plus de cinq minutes, sans bouger. Puis elle commence à nous placer et nous déplacer. Geste, courbure, inclinaison des épaules, chaque indication est millimétrique. Elle a pris soin que les postures à tenir ne nous soient pas trop pénibles, mais je me sens raide comme un mannequin. Ensuite, dociles, nous obéissons à ses consignes, pendant que l'assistant aux éclairages, pour chaque cliché, dispose projecteurs et réflecteurs autour de nous. On dit que le diable est dans les détails : eux n'en négligent aucun, calculant le piqué de la lumière sur une joue, une phalange, déplaçant sans cesse les dispositifs entre deux prises. Un vol d'insectes silencieux, sans hâte, mais terriblement efficaces.

Tout le monde travaille avec une concentration extrême. Seule la voix de Luiza, enjouée, nous guide. Je m'attendais à ce qu'elle nous mitraille, comme dans les films. Mais elle ne prend qu'un cliché, parfois deux, par pose. Je comprends qu'elle opère comme un peintre, qui réfléchit à la posture de ses modèles, exagérant à dessein certaines courbures, créant des lignes de fuite. De temps en temps, Annabelle vient retoucher notre maquillage. Après la première série, la photographe propose à

Héloïse de revêtir une tenue extravagante, une robe de star à l'encolure bordée de strass, qui dégage ses épaules et sa gorge.

Mon amie revient prendre la pose avec les gestes tâtonnants des myopes. Son bras est posé sur un accoudoir, le poignet légèrement fléchi pour dissimuler la naissance de la cicatrice. À quelques centimètres de moi, j'observe le grain de la peau lactescente, la courbe de la nuque, la fermeté du dessin de cette clavicule de nageuse, la ligne des vertèbres. Quand j'aide Héloïse à remettre en place la fine bretelle qui est en train de glisser de son épaule gauche, j'ai l'impression que le bout des doigts me brûle de l'avoir touchée. Nous posons derechef.

À chaque déclic, je pense à elle, elle à côté de moi, à ce qui surgira de nous à travers l'œil muet de l'appareil. Au courage, à la folie, à la force qu'il faut pour mener une telle bataille avec des armes aussi précaires. À cet instant, pourtant, je reprendrais presque espoir : on n'échoue pas quand on est à ce point déterminé à avoir raison de l'adversité.

7 décembre

La dernière fois que je me suis retrouvée dans cette situation, c'était le jour de mon mariage.

Le photographe avait voulu nous prendre sous les arbres. Je me souviens de la chaleur, du visage radieux de mon père, de ma propre joie, teintée d'un peu d'appréhension, de celle qu'on éprouve quand la vie semble sur le point de prendre un nouveau tournant. Sensation légère sur ma peau moite, soie de ma robe lilas, une robe de cocktail à la coupe fluide dont la simplicité avait scandalisé Fabienne. Le photographe portait un costume et un œillet à la boutonnière, deux appareils en bandoulière, l'objectif démesuré du premier battant contre sa cuisse. Il était jeune, un peu maladroit, plein de bonne volonté, nous assaillant de consignes contradictoires.

Même si l'initiative de la cérémonie ne venait pas de moi, j'étais heureuse. Yves était élégant, dans son costume gris, cravate et pochette lavande. La plupart des invités étaient les siens, mais il y avait là Katia, Hugues, qui avait été mon témoin, et Stéphane, un ami venu spécialement d'Angleterre avec sa nouvelle compagne, une archiviste parisienne. J'avais fait encadrer la photo de notre groupe : les minuscules dissymétries dans nos poses, le brin de débraillé qu'avait fini par provoquer la chaleur caniculaire nous donnaient plus l'air de joyeux pique-niqueurs endimanchés que d'une « noce », comme on disait dans les romans du XIXe siècle.

La pensée de mon mari me traverse, fer rouge de la déception. Yves, pourquoi est-ce qu'on n'y est pas arrivés, tous les deux ? On y croyait pourtant si fort, sous le lilas et la glycine. À l'instant où le premier déclic retentit, dans la perfection glacée d'un studio monumental du VIIIe arrondissement de Paris, si loin de l'été, si loin de l'insouciance, de vieilles paroles, solennelles et bibliques, évidentes et nues, résonnent en moi : pourquoi m'as-tu abandonnée ?

Notre photographe parle peu, mais elle est précise. « Rapprochez-vous du fauteuil. Les yeux vers moi. » Elle a une voix chantante. Le reste du temps, elle travaille en silence, assise et, privée de mes lunettes, je ne vois ni son visage, ni ses mains, juste la tache pâle de l'objectif qui est mon point de repère. Il fait chaud sous les projecteurs, une chaleur agréable comparée à la température extérieure.

Mon bras me fait mal : je commence à m'ankyloser. Je pense à ces modèles du siècle dernier qui devaient rester immobiles des heures entières pour servir une technique capricieuse et qui en attrapaient des crampes. Je profite de l'intervalle pendant lequel la photographe vient disposer un autre coussin sous mon bras engourdi pour tourner légèrement la tête vers Olivier. Je discerne à peine son visage. Est-il fatigué, lui aussi ? Voilà maintenant trois quarts d'heure que nous sommes ici, à prendre la pose, variant de manière infime nos expressions, obéissant scrupuleusement aux indications de Luiza. Au sens le plus littéral du terme, nous avons remis notre destinée photographique entre ses mains.

Entre deux prises, Olivier remonte avec délicatesse une bretelle qui a glissé de mon épaule et, pendant un bref instant, j'oublie l'enchaînement de catastrophes qui nous a conduits ici. Quelque chose de fragile emplit l'espace qui sépare nos corps. Une forme de lumière.

« La tête vers la gauche, vous tournez lentement, et vous regardez vers moi. » Déclic. Je sais que cette image-là aura emprisonné, dans mes yeux, le savoir de sa présence à mes côtés.

3 décembre

– Donc vous êtes Aurélien Bacri, né le 8 août 1991.

– Oui.

– Vous êtes étudiant en chimie ?

– Oui.

– Et ça vous plaît, la chimie ?

– Ça va.

Je suis blême, je pue la peur et l'herbe froide. Une envie de pisser pas possible. Je porte les mêmes vêtements depuis le départ de Prague, il y a vingt heures.

– Je voudrais aller aux toilettes.

– Tout de suite, monsieur Bacri. Mais avant, dites-moi : ils vous avaient fait quoi, tous ces gens ?

Le petit blond a jeté des photos sur la table. Un tas de photos, qui s'est éparpillé. Il y avait du sang, des blessés et des choses indistinctes, collées contre les montants métalliques. Une basket d'enfant, les lacets défaits. J'ai tourné la tête, j'allais m'évanouir. J'ai entendu la voix du juge.

– Vous avez tort, monsieur Bacri, vous devriez regarder. C'est votre œuvre, non, après tout ? Quatre morts et seize blessés, en comptant votre ami. Pour un coup d'essai, c'est un coup de maître.

Il a repris une photo qu'il a poussée devant moi. Je me suis mis à chialer comme un môme.

– Non, je vous jure, on voulait pas ! C'est une erreur, ça ne devait pas se passer comme ça !

Le petit blond a fait signe à sa greffière. Il a dévissé le capuchon de son stylo.

– Très bien. Et ça devait se passer comment, *alors, monsieur Bacri ?*

13 décembre

Dans la pièce, l'atmosphère était à la perplexité et à l'inquiétude. Il faisait une chaleur d'enfer. Nous étions plus d'une cinquantaine rassemblés, et un auxiliaire s'affairait pour ajouter des chaises. Malgré la température extérieure, quelqu'un a demandé à ce qu'on ouvre une fenêtre.

Quelques minutes plus tard, un homme a fait son entrée, un épais dossier sous le bras. Plusieurs officiers en civil le suivaient. C'était un type étonnamment jeune, très blond, avec de petites lunettes cerclées de métal. Derrière lui, j'ai reconnu le procureur, dont j'avais vu le visage plusieurs fois à la télé. Dans un coin de la salle, j'ai aussi repéré les flics revêches qui m'avaient interrogé, Sitruk et l'autre, la femme dont j'ai oublié le nom.

Je me suis frayé un chemin jusqu'à Héloïse. Elle était assise à côté d'une espèce de géant, dont le visage était sa troublante réplique au masculin.

Tous deux se sont levés et elle m'a présenté son frère, Hugues. Une fois que nous avons tous eu pris place, le petit homme blond a pris la parole. Sa voix était douce dans le micro.

« Bonjour à tous. Je suis le juge Bastien Malvois, chargé de l'instruction de l'affaire du métro Odéon. Certains d'entre vous me connaissent déjà, ou connaissent ma greffière, avec qui ils ont été en contact.

« Nous sommes réunis pour vous apporter une information sur les causes de l'explosion du 19 septembre dont vous ou vos proches ont été les victimes. Après cet exposé, monsieur Mimouni, procureur de la République, et moi répondrons à toutes vos questions. En attendant, voici la chronologie des faits telle que l'enquête nous a permis de la reconstituer.

« En 2010, trois camarades de lycée, Sylvain Perhacs, Julie de Linden et Erwan Le Guéhennec ont crée un groupuscule appelé "Les Désafficheurs". Leur but proclamé était de lutter contre la publicité, dans un esprit assez ludique. Perhacs a été pris un soir en train de dessiner des graffitis sur un panneau publicitaire dans le métro. Il a écopé d'un travail d'intérêt général, car il était mineur, mais les choses ne sont pas allées plus loin.

« L'année du bac, le groupe s'est radicalisé sous l'impulsion de Linden, la plus politisée des trois. Ils ont commencé à communiquer autour de leur action, avec un compte Facebook et un site, plutôt humoristique, d'ailleurs. En 2011, ils se sont inscrits à la fac, Le Guéhennec en informatique, Linden en prépa vétérinaire, puis en biologie, et Perhacs en histoire. Ils se sont alors servi des réseaux sociaux pour recruter au sein de leurs camarades.

« En janvier, ils ont été contactés par plusieurs étudiants, dont un certain Aurélien Bacri, qui préparait un master de chimie à Jussieu. Un garçon plus âgé qu'eux, brillant, mais doté d'une personnalité instable. De trois, ils sont passés à six. Bacri était le plus déterminé. Il les a convaincus que leurs opérations manquaient d'envergure. Ils ont alors changé de cible et de méthode, et s'en sont pris à des imprimeries qui fabriquaient des affiches publicitaires. Ils versaient de l'acide sur les stocks, ou les tailladaient au cutter. Ils l'ont fait trois fois sans être attrapés.

« À la rentrée, ils ont décidé de s'attaquer aux entrepôts d'une imprimerie de Seine-et-Marne. Bacri a avoué qu'ils voulaient cette fois "frapper un grand coup". Perhacs et Linden, eux, nient formellement que leur projet ait été de blesser ou de tuer quiconque.

« Dans la nuit du 18 au 19 septembre, Bacri a dérobé de vieux explosifs, stockés pour destruction, dans une carrière où travaillait son oncle. D'après son interrogatoire, il était sous l'emprise de l'alcool et de stupéfiants au moment du vol.

Vers deux heures du matin, il est allé entreposer les bâtons dans une chambre de bonne vide, rue Vaneau. L'endroit appartient au beau-père de Linden, et ils s'en servaient pour ranger leurs bombes de peinture et leurs cartons de tracts.

« Bacri a caché les explosifs dans un de ces cartons. Il a posé une liasse de tracts par-dessus. Mais il ne l'a pas dit aux autres. Il est probable qu'il ait été trop ivre ce soir-là pour se souvenir de ce qu'il avait fait le lendemain matin. C'est un miracle qu'il n'ait pas lui-même sauté en transportant la charge.

« Le 19 septembre à onze heures, Erwan Le Guéhennec, qui n'avait pas cours, s'est rendu à la chambre de bonne. Il était chargé de rapporter des tracts pour une distribution à Cluny-Sorbonne. On pense qu'il a pris le premier carton qui lui est tombé sous la main. Il est monté dans le métro en transportant sans le savoir plusieurs kilos de dynamite avariée. Un coup de pied involontaire, ou le freinage brusque, signalé par plusieurs d'entre vous, ont pu déclencher l'explosion.

Il n'a pas eu le temps de comprendre ce qui lui arrivait. En réalité, on peut considérer qu'il a été, et vous aussi par voie de conséquence, victime d'un accident. Le savoir n'effacera pas votre traumatisme, j'en suis conscient. Mais ce que l'instruction a démontré, c'est que, selon toute vraisemblance, ce garçon n'a jamais voulu tuer personne. »

13 décembre

Un brouhaha a envahi la salle dès la fin de l'intervention du juge. Exclamations, protestations. Une personne a perdu connaissance – la chaleur ? – et a été emmenée par deux pompiers, d'autres ont éclaté en sanglots. Toute la tension accumulée depuis le début de la réunion se libérait d'un coup.

Les premières questions commençaient à fuser, et Malvois a fait un geste d'apaisement, en précisant qu'il allait répondre dans l'ordre. Une dizaine de mains se sont levées en même temps, dont celle d'Olivier.

À quoi les étudiants allaient-ils être condamnés ? Étaient-ils sains d'esprit ? Bénéficieraient-ils de circonstances atténuantes ? À chaque réponse, des exclamations, encore, des protestations. Patients, le juge et le procureur expliquaient chaque point de droit, refaisaient l'historique des responsabilités, de leurs possibles sanctions pénales. Mais on sentait que le doute persistait, qu'un courroux souterrain traversait l'assemblée. Ces coupables inconsistants semblaient se dérober à la réparation qu'ils nous devaient.

Quand son tour est venu, Olivier a demandé :

– Comment pouvez-vous être sûrs qu'on n'était pas leur cible ?

Malvois a pris son temps pour répondre. Il était conscient que toute la lecture de l'histoire, notre histoire en dépendait.

– Les enquêteurs ont analysé l'intégralité des échanges mail et SMS. Rien ne cadre avec la thèse du kamikaze ou de l'action commando. Le Guéhennec avait pris un rendez-vous chez le dentiste le matin de sa mort. Quant à ses copains, ils l'attendaient sagement à Cluny, en lui laissant des SMS blagueurs sur sa panne d'oreiller. Quand ils ont vu les ambulances arriver dans le quartier, ils ont commencé à s'inquiéter et ont appelé leur ami une dizaine de fois depuis leur propre portable. C'est d'ailleurs ainsi qu'on est remontés jusqu'à eux. On voit bien, d'après leurs messages, qu'ils ne comprennent pas ce qui se passe, ce qui a été confirmé par plusieurs écoutes ultérieures. Mais c'est surtout leur comportement qui nous pousse à conclure qu'ils ne savaient rien : les jours suivants, ils ne se sont pas cachés, même quand ils ont eu la confirmation que Le Guéhennec faisait partie des disparus. Ils ont organisé une collecte pour la famille auprès de leurs anciens copains de lycée. Ils sont même venus à la cérémonie d'hommage aux victimes. Sauf à être des criminels particulièrement cyniques – ce qu'ils ne sont pas –, il n'y avait aucune raison qu'ils prennent de tels risques s'ils avaient été impliqués.

J'ai eu un flash tout à coup. La grande blonde et le garçon qui pleuraient, le jour de la cérémonie. C'est eux que j'avais vus, très vraisemblablement. À cet instant, j'ai su que le juge ne se trompait pas.

– Je peux vous assurer qu'ils sont tombés des nues pendant la garde à vue. Le seul qui a disparu de l'écran radar, après le 19 septembre, et qui a eu un comportement suspect, c'est Bacri. Il a pris un avion le surlendemain pour Prague, où il a de la famille. On a lancé un mandat d'arrêt international, et les Tchèques l'ont extradé dès qu'ils lui ont mis la main dessus. Il a finalement avoué qu'il connaissait sa part de responsabilité, mais qu'il n'avait rien dit aux autres.

Comme pour tout le monde dans la salle, les explications du juge m'ont d'abord fait l'effet d'un coup sur la tête. Mais, de façon étrange, elles m'ont soulagée d'un poids. La pensée d'un jeune irresponsable, pour moi, est moins intolérable que celle d'un fanatique venu semer la mort en toute connaissance de cause. En même temps, il sera difficile de ne pas être amer : nous ne sommes pas les victimes d'une idée, d'une théorie, d'un fanatisme ; juste celles d'un hasard, d'un mauvais enchaînement, d'un ratage, de quelque chose qui aurait tout aussi bien pu ne pas arriver ou, pour le dire autrement, qui n'aurait jamais dû arriver.

Le visage d'Olivier était décomposé. Je lui ai demandé à voix basse :

– Ça va ?

– Non, ça ne va pas. En arriver là à cause d'un petit con défoncé, c'est pas possible... Et j'ai eu l'un d'eux en cours, en plus...

– Qu'est-ce que ça change ? C'est un accident, Olivier. Tu ne pouvais rien empêcher.

Mon ami a couvert brièvement ses paupières du bout de ses doigts. Chose que je n'aurais pas crue possible, il pleurait, comme d'ailleurs plusieurs autres personnes dans la salle. Le juge continuait à répondre aux ultimes questions, avec une patience qui paraissait inépuisable. Avant de nous quitter, il nous a promis que la justice sanctionnerait les coupables à la hauteur de leur faute. Déjà, des gens se levaient, et certains se sont enlacés. D'autres ont commencé à quitter la salle. J'ai dit à Olivier :

– Attends-moi ici, tu veux bien ?

Une paire de baskets clignotantes venait de traverser mon champ de vision. Celles d'un petit garçon, dans les bras d'un homme d'âge mûr qui le portait, son grand-père certainement. Ils s'en allaient et je me suis efforcée de les rattraper.

– Excusez-moi, monsieur...

L'homme s'est retourné. J'ai dit :

– Vous ne me connaissez pas mais j'étais dans le métro ce jour-là avec...

– C'est mon petit-fils. Il s'appelle Nicolas.

– Bonjour, Nicolas.

Je lui ai fait un signe. Le petit garçon suçait son pouce, avec l'air vague de qui est sur le point de s'endormir.

– Comment vont sa mère et sa sœur ? J'aurais voulu pouvoir prendre de leurs nouvelles, mais je n'avais pas leur nom...

L'homme a eu l'air étonné.

– Bien, merci. Ma fille est encore hospitalisée. Ça a été très... compliqué pour ma petite-fille, mais ça ira, ça ira maintenant.

Il répétait ces mots comme pour s'en convaincre. Tout à coup, son visage a changé et il m'a observée avec une attention soudaine.

– Vous êtes la femme de la photo, n'est-ce pas ? Et c'est votre ami, là-bas ?

J'ai hoché la tête en signe d'acquiescement.

– Je verrai Élisabeth tout à l'heure. Je lui dirai que je vous ai vus. Nous aussi, on avait tellement envie que... que vous vous en soyez sortis, tous les deux.

13 décembre

En sortant du palais de justice, j'étais sonné. Le frère d'Héloïse a proposé de la déposer. Elle a fait un signe négatif et il a pris congé, nous laissant seuls en haut des marches.

Nous sommes restés silencieux un long moment. Puis Héloïse m'a demandé si j'avais repris le métro depuis le 19 septembre. Je m'attendais à tout sauf à cette question. J'ai repensé à Bel-Air et j'ai fait signe que non. Elle m'a dit qu'elle non plus, et que c'était le moment où jamais.

C'est une pure folie, de faire ça maintenant. Ou peut-être pas, justement. Peut-être qu'il faut en passer par un geste comme celui-là pour que tout recommence.

Elle m'a entraîné, je l'ai suivie. Elle avait ce visage buté, volontaire, que je lui ai vu souvent ces dernières semaines.

La rame était bondée. Les voyageurs montaient, s'entassaient, poussaient. Personne n'a cédé sa place à Héloïse, qui ne portait plus ni plâtre ni béquille. Nous nous sommes retrouvés au fond de la voiture, dans le coin. Exactement là où nous étions au moment où la charge de dynamite avait explosé.

Je me suis exhorté au calme. Malgré tout, je sentais une sueur froide descendre le long de mes omoplates, et ma poitrine se comprimer. Quand la sonnerie de fermeture des portes a retenti, ma gorge s'est serrée jusqu'à la douleur. Des mouches noires ont commencé à danser devant mes yeux. J'étouffais.

Héloïse a compris que j'étais en pleine crise de panique.

Comme dans un film au ralenti, j'ai vu son bras gauche s'élever vers moi et je l'ai senti s'enrouler autour mon cou. Elle a glissé sa main droite dans l'échancrure de mon manteau. La chaleur de sa paume a irradié ma peau à travers l'étoffe et s'est frayé un chemin le long de mes côtes. Puis mon amie s'est collée contre moi de tout son corps. Une étreinte totale, impudique, là, au milieu des voyageurs dont aucun ne semblait nous voir.

C'était un court-circuit dans les sensations. La panique et la joie, le plaisir et la douleur, fondus en une seconde. J'ai refermé mes bras sur elle. L'instant que j'avais imaginé tant de fois était en train de s'accomplir, là, dans une rame bondée de métro, au milieu du bruit, de la cohue et de la peur.

J'étais agrippé à elle, à la trace tenace de son parfum, cette oasis de fleurs et d'épices. Au fur et à mesure que les stations défilaient, la rame se vidait peu à peu de ses occupants. J'ai soudain compris que nous n'allions nulle part. Pourtant, nous sommes restés soudés l'un à l'autre, immobiles, jusqu'au terminus. J'ai eu le temps d'entendre son cœur cogner contre ma cage thoracique, elle celui de sentir mon sexe arc-bouté contre sa chair. Ni gêne ni honte, juste une évidence.

Avant de descendre j'ai pris son visage entre mes mains, je l'ai levé vers moi.

Il y aurait cet instant où nos corps se sépareraient, redeviendraient orphelins l'un de l'autre.

Il y aurait un temps indéterminé, un temps où je boirais trop, où son bras fracturé la ferait souffrir ; un temps où elle partagerait, peut-être, à nouveau le lit de son mari, où je me perdrais dans mes cauchemars ; un temps de batailles, de tribunaux, d'hôpitaux et de divorce, de pierre ponce et d'écorchure.

Un temps qui ne serait qu'un intervalle.

17 décembre

Je rêve que la porte de la chambre s'est refermée sur nous. Nous n'aurons pas allumé l'interrupteur : pour quoi faire ? Nous ne serons ni cyniques ni égoïstes, pourtant ; nous saurons exactement la peine que nous allons causer à ceux qui nous aiment. Mais je n'y pourrai rien. L'amour de cet homme, l'amour pour cet homme, est la seule chose qui ait résisté au cataclysme de ces dernières semaines. C'est lui qui me tient en vie depuis que mon corps m'a fait l'effet de voltiger en quartiers comme dans un tableau cubiste.

Malgré toutes mes résistances, je n'aurai d'autre choix, dans un jour, dans un mois ou dans un an, que d'accepter ce qui nous lie, d'accepter que ses mains se posent sur ma peau nue et, cette fois, pas pour m'arracher à l'enfer. Elles parcourront doucement la grammaire importune des cicatrices, elles feront un peu mal là où les os se sont rompus ; mais nos corps affamés, le bas de nos ventres chantant leur complainte éternelle n'en auront cure. Non, nous ne serons ni inconscients ni cruels. Ce ne sera pas une capitulation, pas un abandon, pas une fuite, mais quelque chose d'aussi inéluctable que le résultat d'une opération arithmétique. Ou qu'un prix à payer.

Parce qu'il n'existera pas, j'en suis maintenant convaincue, de sortie à ce cauchemar si nous refusons que la vie, palpitante, sauvage, désirante, reprenne ses droits sur nous, dût-elle casser au passage l'équilibre des cœurs.

19 décembre

Les voici.

Réunis sur l'image.

Pour la seconde fois.

Mais ils ne se toucheront pas. Ni de gré, ni de force, cette fois.

Ils ont choisi le noir et blanc, épais, crémeux, opalescent, marque de fabrique de cette maison photographique de prestige (la plus coûteuse de Paris) dont ils savaient à l'avance qu'il les envelopperait d'un halo translucide, comme la lumière ancienne, magnifiée, des portraits de stars hollywoodiennes, quand elles consentaient à abandonner leur image sur papier glacé, telle une offrande nonchalante concédée à leurs adorateurs.

Ils ont choisi de se tenir à distance l'un de l'autre, à distance *respectueuse* dans tous les sens du terme. Les quelques centimètres d'écart volontaire qui séparent leur corps, subtilement délinéés par l'éclairage au tungstène, sont là pour restaurer le quant-à-soi qui leur fut si brutalement retiré, et les autorisent désormais à garder silence sur la nature de ce qui a existé, existe ou existera entre eux.

Ils ont choisi de se vêtir avec élégance, lui en costume croisé, chemise de lin grège, cravate sombre à fines rayures, souliers italiens de daim foncé ; elle en jupe noire, bottines lacées montant jusqu'au haut de la cheville, chemisier de soie gris, dont l'austérité s'adoucit d'une rangée de minuscules brillants en rebord de boutonnière. Sa veste de laine chinée qui tombe à la perfection masque un bras récemment déplâtré qu'il a fallu poser avec précaution et qui repose, paisible, sur l'accoudoir drapé d'une tenture noire. Sur l'autre série, qu'ils choisiront peut-être, le décolleté laisse voir l'arrondi de l'épaule, la naissance de la poitrine ; la masse des cheveux noirs, immobilisée dans un chignon, rend troublante la courbure de la nuque, que le projecteur a nimbée d'une lumière lente.

Pour l'un et l'autre des modèles, le jeu du maquillage et des lumières a métamorphosé les stigmates de l'épreuve, balayé l'étrange cartographie des entailles sur un front, effacés les ravines bleu nuit qui cerclaient les yeux de leur mauvais plomb. Il a rempli des joues creusées par des semaines de repas pris à grand-peine quand l'appétit avait déserté.

Ces deux-là ne sont pas triomphants, ni même contents, d'ailleurs ils ne sourient ni l'un ni l'autre. Mais pas plus ils ne sont accablés ou terrorisés, nus ou privés de leur histoire, résumés à leur épreuve. Ils sont là, côte à côte, se regardant sur une planche-contact, en ce matin du 19 décembre, parce qu'ils ont choisi de l'être. Et de se montrer ensemble de la manière qui, cette fois, leur convenait.

Puisque les solutions légales se perdront dans les méandres d'une procédure aléatoire, puisque seuls compteront la surface et le brillant de l'image, ainsi que l'habileté qu'ils mettront à l'infiltrer dans les écrans des autres, ils ont laissé à la photographe le soin, par son art, de réparer, le temps d'une séance, ce qu'une bombe et une image abîmèrent de leur vie. De se faire *immortaliser* (eux qui ont vu la mort de si près), mais cette fois par le plus délicat des objectifs, dans l'indulgence d'un regard qui les accueille comme on retrouve ses enfants après une trop longue absence.

C'est ce visage qu'ils veulent désormais montrer. Celui d'un homme et d'une femme affrontant l'opérateur sans l'ombre d'une hésitation ou d'une honte. Le visage net des gens qui ont cessé d'avoir peur.

Et dans leurs yeux à tous les deux, dans leurs yeux étrangement frères, on lira ce qu'eux-mêmes ignorent : qu'ils portent en eux, au-delà de la blessure, la lumière brûlante, têtue, inexpugnable de ceux qui ont arpenté les ténèbres, et se sont à temps souvenu de la vie.

Hélène Gestern remercie

maître Caroline Roulin et maître Mathieu Simonet,
pour leur aide et leurs précieux éclairages juridiques,

Andrea Vega et Gaëlle Bertoletti (Studio Harcourt),

« Marie-Anne Narbonne »

et celui qui a offert
des mots
et du temps.

Ce livre lui est dédié.

Collection “Arléa-Poche”

2. Paul Morand, *Éloge du repos*
8. René Girard, *Quand ces choses commenceront...*
10. Honoré de Balzac, *Petites Misères de la vie conjugale*
13. J.M.G. Le Clézio, *Ailleurs*
19. Arthur Rimbaud, *Une saison en enfer*
20. Arthur Rimbaud, *Illuminations*
37. Honoré de Balzac, *Traité de la vie élégante*
44. Tzvetan Todorov, *Les Abus de la mémoire*
61. Pier Paolo Pasolini, *Qui je suis*
66. Germaine Tillion, *La Traversée du mal*
68. Alain Etchegoyen, *Éloge de la féminité*
72. Olivier Boura, *Marseille ou la mauvaise réputation*
74. Jacques Berque, *Il reste un avenir*
75. Jean-Claude Guillebaud, *L'Esprit du lieu*
76. Edgar Morin, *Pour une politique de civilisation*
77. Alain Golomb, *Profs et Cie*
79. Patrice Louis, *C'est beau, mais c'est faux*
80. Hervé Laroche, *Dictionnaire des clichés littéraires*
83. Olivier Boura, *Les Atlantides, généalogie d'un mythe*
84. Robert Guillain, *Aventure Japon*
85. Takeshi Kitano, *Rencontres du septième art*
86. Matias Aires, *Lettre sur le bonheur*
87. Père Olivier-Marie, *Curé de campagne*
88. Léon Blum, *Le Dernier Mois*
89. Pier Paolo Pasolini, *La Longue Route de sable*
91. Denis Huisman, Louis Monier, *Visages de la philosophie*
92. Patrice Louis, *Du bruit dans Landerneau*
96. Oscar Wilde, *L'Âme humaine*
98. Edgar Morin, *Itinérance*
99. Jean-Claude Mourlevat, *Je voudrais rentrer à la maison*
100. Henri Brunel, *Printemps Été* (L'Année zen)

101. Mark Twain, *Écrits secrets*
103. Albert Simonin, *Le Savoir-Vivre chez les truands*
104. Albert Simonin, *Lettre ouverte aux voyous*
107. Pierre Vidal-Naquet, *Le Choix de l'histoire*
108. George Steiner, *Le Silence des livres*
109. Gustave Flaubert, *Voyages*
110. Philippe Jaccottet, *De la poésie*
111. Alexandre Vialatte, *Bestiaire*
113. Abbé Grégoire, *De la traite et de l'esclavage des Noirs*
114. Patrice Louis, *Conversation avec Aimé Césaire*
115. Paul Léautaud, *Le Petit Ouvrage inachevé*
116. Pier Paolo Pasolini, *Médée*
117. Alberto Moravia, *Promenades africaines*
118. Pierre Charras, *La Crise de foi(e)*
119. Rabindranath Tagore, *Histoires de fantômes indiens*
120. Arthur Rimbaud, *Poésies* (édition nouvelle)
121. Oscar Wilde, *Aphorismes*
122. Alberto Moravia, *Une certaine idée de l'Inde*
123. Régis Debray, *Sur la mort d'Albert Londres*
124. Albert Londres, *Marseille porte du Sud*
125. Albert Londres, *Au bagne*
126. Albert Londres, *Terre d'ébène*
127. Albert Londres, *Contre le bourrage de crâne*
129. Marie Sizun, *Le Père de la petite*
131. Michel Pastoureau, *Les Animaux célèbres*
132. Gilles Brochard, *Le Thé dans l'encrier*
133. Albert Londres, *L'Homme qui s'évada*
134. Albert Londres, *Dans la Russie des Soviets*
135. Dominique Barbéris, *La Ville*
136. Philippe Mezescaze, *L'Impureté d'Irène*
137. Armand Frémont, *La Mémoire d'un port (Le Havre)*
138. Renzo Piano, *La Désobéissance de l'architecte*
139. Claro, *Ezzelina*
140. Sophie Avon, *Le Silence de Gabrielle*
141. Jean-François Merle, *Cale sèche*
142. Emmanuel Pons, *Je viens de tuer ma femme*
143. Pierre Veilletet, *La Pension des Nonnes*

144. Achille Zavatta, *Trente ans de cirque*
145. Didier Folléas, *Albert Londres en Terre d'ébène*
146. Albert Londres, *Chez les fous*
147. Albert Londres, *Le Chemin de Buenos Aires*
148. Franco Ferrucci, *Lettre à un adolescent sur le bonheur*
149. Jean-Claude Guillebaud, *La Traversée du monde*
150. Pierre Mac Orlan, *Rues secrètes*
151. Dominique Desanti, *Le Roman de Marina*
152. Henry Miller, *Aquarelles*
153. Henry Miller, *Premiers Regards sur la Grèce*
154. Albert Londres, *Dante n'avait rien vu*
155. Albert Londres, *Le Juif errant est arrivé*
157. Michaël Ferrier, *Tokyo, Petits Portraits de l'aube*
159. Ernst Gombrich/D. Eribon, *Ce que l'image nous dit*
160. Pierre Mac Orlan, *Chroniques de la fin d'un monde*
161. Mark Twain, *Aphorismes*
162. Albert Londres, *Au Japon*
163. Charles Baudelaire, *Aphorismes*
164. Albert Londres, *Le Peuple aux dents laquées*
165. Albert Londres, *La Grande Guerre*
166. Albert Londres, *En Inde*
167. Albert Londres, *L'Équipée de Gabriele D'Annunzio*
168. Maxence Fermine, *Neige* (illustré)
169. Oscar Wilde, *Remarquables Assassinats*
170. Joseph Conrad, *Le Naufrage du Titanic*
171. Patrick Boman, *Retour en Inde*
172. Pierre Stéphan, *Carnets du cap Horn*
173. Prince de Ligne, *Aphorismes, pensées & fragments*
174. Louis Calaferte, *Paraphe*
175. Franco La Cecla, *Contre l'architecture*
176. Vincent Hein, *À l'est des nuages*
177. Antoine Marcel, *Traité de la cabane solitaire*
178. Albert Londres, *La Chine en folie*
179. Robert Guillain, *Les Geishas*
180. Antonella Moscati, *L'Éternité, ou presque*
181. Marie Sizun, *Plage*

182. Elena Janvier, *Au Japon ceux qui s'aiment ne disent pas je t'aime*
183. Hisashi Tôhara, *Il y a un an Hiroshima*
184. Arthur Schopenhauer, *Aphorismes et Insultes*
185. Dominique Falkner, *Ça n'existe pas l'Amérique*
186. Michel Meyer, *Rome et la naissance de l'art européen*
187. Jean Baudrillard et Jean Nouvel, *Les Objets singuliers*
188. Capitaine Coignet, *Cahiers*
189. Sergent Bourgogne, *Mémoires*
190. Marie Sizun, *Un léger déplacement*
191. Nathalie Skowronek, *Karen et moi*
192. Pierre Veilletet, *Oui j'ai connu des jours de grâce*
193. Vincent Hein, *L'Arbre à singes*
194. Curzio Malaparte, *Voyage en Éthiopie*
195. Pascal Quignard, *Leçons de solfège et de piano*
196. Michaël Ferrier, *Kizu, à travers les fissures de la ville*
197. Bruno Smolarz, *Hokusaï aux doigts d'encre*
198. Mameluck Ali, *Souvenirs sur l'empereur Napoléon*
199. Général de Caulaincourt, *En traîneau avec l'Empereur*
201. Hélène Gestern, *Eux sur la photo*
202. Soshitsu Sen, *Vie du thé, esprit du thé*
203. Marie Sizun, *Éclats d'enfance*
204. Christian Garcin, *Jibé*
205. Pascal Quignard, *Sur l'image qui manque à nos jours*
206. Carlos Batista, *Traducteur, auteur de l'ombre*
207. Jacques Bonnet, *Des bibliothèques pleines de fantômes*
208. Baron Fain, *Mémoires*
209. Stéphane Lambert, *Mark Rothko, rêver de ne pas être*
210. Yann Nussaume, *Tadao Andô, pensées sur l'architecture et le paysage*
211. Yves Harté, *La Huitième Couleur*
212. Kenneth Clark, *L'Art du paysage*
213. Guéorgui Gospodinov, *L'Alphabet des femmes*
214. Henri Raczymow, *Notre cher Marcel est mort ce soir*
215. Jean-Michel Delacomptée, *Passions, la Princesse de Clèves*
216. Hélène Gestern, *La Part du feu*
217. Pascal Quignard, *Sur l'idée d'une communauté de solitaires*

218. Pier Paolo Pasolini, *L'Inédit de New York*
219. Emilio Lussu, *Les Hommes contre*
220. Stéphane Lambert, *Nicolas de Staël. Le Vertige et la foi*
221. Marie Sizun, *Un jour par la forêt*
222. Catherine Guillebaud, *Le Pays vide*
223. Antoine Silber, *Le Silence de ma mère*
224. Diane de Margerie, *De la grenouille au papillon*
225. Gusty L. Herrigel, *La Voie des fleurs*
226. Jean-Christophe Bailly, *Une image mobile de Marseille*
227. Stéphane Lambert, *Monet, impressions de l'étang*
228. Philippe Arnaud, *Le Rire des philosophes*
229. Rémy Oudghiri, *Petit Éloge de la fuite hors du monde*
230. Roberto Peregalli, *Les Lieux et la poussière*
233. Yann Nussaume, *Regard sur l'architecture de Tadao Andô*
234. Pascal Quignard, *Une journée de bonheur*

ACHEVÉ D'IMPRIMER
EN MARS 2017
SUR LES PRESSES DE
CORLET IMPRIMEUR
À CONDÉ-SUR-NOIREAU
C A L V A D O S

Numéro d'édition : 1334
Numéro d'impression : 188325
Dépôt légal : avril 2017
Imprimé en France